Bianca

Carole Mortimer

Un hombre como ninguno

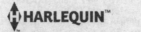

Editado por HARLEQUIN IBÉRICA, S.A.
Núñez de Balboa, 56
28001 Madrid

© 2014 Carole Mortimer
© 2015 Harlequin Ibérica, S.A.
Un hombre como ninguno, n.º 2384 - 6.5.15
Título original: A D'Angelo Like No Other
Publicada originalmente por Mills & Boon®, Ltd., Londres.

I.S.B.N.: 978-84-687-6134-3
Depósito legal: M-3598-2015
Impresión en CPI (Barcelona)
Fecha impresion para Argentina: 2.11.15
Distribuidor exclusivo para España: LOGISTA
Distribuidor para México: CODIPLYRSA
Distribuidores para Argentina: Interior, DGP, S.A. Alvarado 2118.
Cap. Fed./Buenos Aires y Gran Buenos Aires, VACCARO HNOS.

Prólogo

Iglesia de St. Gregory, Nueva York

–¿No estábamos los tres sentados en una iglesia como esta hace solo unas semanas? –le dijo Michael de broma a su hermano pequeño Gabriel.

Estaban sentados en la primera fila de bancos de la iglesia, plagada de invitados a la boda. Su hermano Rafe, inquieto, estaba sentado al otro lado.

–Creo que sí –confirmó Gabriel con ironía–. Pero en esa ocasión Rafe y tú eráis mis padrinos y ahora lo somos nosotros de Rafe.

–¿Hace cuántas semanas fue eso exactamente? –Michael alzó las cejas con sarcasmo.

–Cinco maravillosas semanas –Gabriel sonrió al pensar en su reciente boda con su amada Bryn.

–Mm –Michael asintió–. ¿Te hablé alguna vez de la conversación que tuve aquel día con Rafe, en la que me aseguró con énfasis que no creía en eso del amor para toda la vida, y que no tenía intención ninguna de casarse a corto plazo, ni tampoco en un futuro lejano?

Gabriel miró de reojo a su hermano Rafe y contuvo una sonrisa al ver lo pálido que estaba mientras esperaba la llegada de su novia a la iglesia.

–No, creo que no.

–Ah, sí –Michael se puso más cómodo en el banco–. Fue cuando estábamos en la puerta de la iglesia mientras Bryn y tú posabais para las fotos. Creo recordar que Rafe acababa de recibir la llamada de una de sus mujeres y...

–¡Este no es el momento ni el lugar para mencionar eso! –Rafe se giró hacia ellos furioso. Su breve relación con la parisina Monique había terminado varios meses antes de que conociera siquiera a su futura esposa.

Los tres hermanos D'Angelo eran los dueños y directores de las tres prestigiosas galerías Arcángel y sus casas de subasta de Nueva York, Londres y París. Hasta hacía poco llevaban las galerías por turnos de dos o tres meses, en función de las exposiciones y subastas que tuvieran lugar en cada galería. Pero la boda de Gabriel con Bryn implicaba que ahora viviría de forma permanente en Londres. Rafe pasaría la mayor parte del tiempo en Nueva York cuando se casara con Nina, y Michael se quedaría a cargo de la galería de París.

–Nina ya llega con cinco minutos de retraso –murmuró Rafe echando otro vistazo al reloj por décima vez en los últimos segundos.

–Es prerrogativa de la novia hacer esperar al hombre –comentó Gabriel con despreocupación–. Es un caso claro de la caída de los poderosos, ¿no te parece? –continuó tranquilamente su conversación con Michael.

–Sin duda –asintió Michael–. Por lo que he observado, ha perdido completamente la cabeza desde el día que conoció a Nina –sonrió al ver la cara de perro que puso Rafe.

–Eso es lo que hace el amor –asintió Gabriel con conocimiento de causa–. Tú serás el siguiente, Michael.

A Michael se le pasó el buen humor al instante.

–Lo dudo –afirmó con rotundidad–. No puedo siquiera imaginarme permitiendo que una mujer me ponga en ese estado –miró de reojo a Rafe, que estaba en un visible estado de agitación.

–¡A ver cuándo termináis vosotros dos! –Rafe apretó los puños. Tenía una expresión de dolorosa tensión cuando se giró para mirar a sus hermanos–. ¡Nina se está retrasando, maldita sea!

–Ya te hemos oído la primera vez –Michael alzó una de sus oscuras cejas–. ¿Crees que pueda haber cambiado de opinión respecto a lo de casarse contigo?

Rafe, que ya estaba pálido, se puso de un tono gris y gimió.

–¡Oh, Dios...!

–Deja de burlarte de él, Michael –le reprendió Gabriel con afecto–. Yo por mi parte estoy deseando ver a la bella dama de honor –sonrió al pensar en su esposa.

Michael encogió sus anchos hombros.

–Cálmate, Rafe. Nina vendrá enseguida –le aseguró a su hermano–. Por alguna extraña razón, está enamorada de ti. Seguramente la limusina tendrá problemas con el tráfico de Nueva York.

–Eso espero. Sabía que tendría que haber seguido adelante con mi plan original y haberme fugado con Nina.

–¡Entonces no seguirías con vida, Raphael Charles D'Angelo! –le advirtió su madre desde el banco de atrás.

Toda la familia D'Angelo se había vuelto a reunir para ver a uno de los tres hermanos casarse. Lo que solo dejaba a Michael, el mayor y de treinta y cinco años, como único soltero. Y así pensaba seguir.

Siempre.

Había estado enamorado una única vez en su vida, catorce años atrás, y había resultado tan desastroso que no sentía la mínima inclinación por volver a repetir la experiencia. El dolor le había hecho desgraciado, la traición todavía más, y desde luego no había disfrutado de la incómoda sensación de perder el control de sus emociones.

Una sensación que le resultaría todavía más inaceptable tras tantos años haciendo exactamente lo que le apetecía, cuando le apetecía y con la mujer que le apetecía en cada momento.

–Gracias a Dios –Rafe suspiró aliviado cuando el organista empezó a tocar la marcha nupcial, anunciando la llegada de Nina a la iglesia.

Los tres hombres se pusieron de pie y miraron a la novia avanzar por el pasillo del brazo de su padre. Nina estaba radiante, y sus ojos reflejaban amor cuando se acercó a su prometido.

Michael sintió una breve punzada de dolor en el pecho al darse cuenta de que su decisión de no casarse implicaba que ninguna mujer lo miraría nunca con tanta adoración.

Capítulo 1

Galería Arcángel, París, dos días más tarde

–¿Pero qué...? –Michael alzó la cabeza con gesto de desagrado al escuchar lo que parecía un bebé llorando en el despacho de enfrente. Se levantó del escritorio al escuchar varias voces que se oían por encima del ruido.

Siguió con el gesto torcido cuando cruzó el despacho y abrió la puerta que daba al pasillo. Se detuvo en seco al ver el caos que se había montado.

Su secretaria, Marie, estaba discutiendo en francés, igual que su asistente Pierre Dupont. Y en medio había una joven con un bebé en brazos. Tenía el pelo de ébano a la altura del hombro y llevaba vaqueros ajustados y camiseta apretada, el uniforme de su generación. Tenía la expresión sonrojada e ignoraba a Marie y a Pierre, sus esfuerzos estaban puestos en calmar al niño que lloraba.

–¿Os importaría bajar la voz? –les pidió la joven con voz ronca–. La estáis asustando. ¡Mirad lo que habéis hecho! –exclamó cuando un segundo bebé empezó a llorar.

Michael miró a su alrededor asombrado para buscar al segundo bebé, y abrió los ojos de par en par al ver una silla de paseo dentro del despacho de Marie.

Un carrito doble en el que había un bebé llorando a pleno pulmón.

—Gracias —murmuró la joven con tono acusador.

Marie y Pierre guardaron silencio cuando ella se acercó al carro y se puso de cuclillas para tratar de calmar al segundo bebé.

Michael ya había visto y oído suficiente.

—¿Puede alguien por el amor de Dios decirme qué diablos está pasando aquí? —su voz cortó la cacofonía de ruido.

Silencio.

Un silencio maravilloso, pensó Eva con un suspiro al ver que no solo los dos empleados de la galería habían guardado silencio, sino que también los dos bebés habían dejado de berrear.

Eva se quedó de cuclillas y giró la cabeza para mirar la fuente de aquella voz controladora.

Tendría unos treinta y pico años, el pelo corto y negro, la piel aceitunada y un rostro que envidiarían cualquiera de los modelos que Eva había fotografiado al principio de su carrera. Cejas oscuras que enmarcaban los ojos de obsidiana, nariz larga y recta, pómulos altos, labios sensuales y barbilla decidida. Los hombros anchos, el pecho musculoso y las caderas estrechas bajo el caro traje oscuro hecho a medida.

A Eva no le quedó ninguna duda de que aquel hombre era D'Angelo. El hombre al que había ido a ver.

Se incorporó, cruzó la estancia para darle a Sophie.

—Sostenla para que pueda tomar a Sam en brazos —le ordenó con impaciencia al ver que Michael no hacía amago de quitarle al bebé de los brazos.

Se limitó a mirarla con gesto de incredulidad desde su regia nariz.

Michael tuvo que bajar mucho la vista. Dios, qué pequeña era aquella mujer. Poco más de un metro cincuenta y dos frente a su metro noventa. Tenía una delgadez juvenil que no parecía masculina gracias a unos senos grandes y pesados coronados por delicados pezones. Unos senos completamente desnudos bajo la camiseta color púrpura, si Michael no se equivocaba. Y estaba seguro de que no. Aquellos senos y el brillo confiado de sus ojos color violeta rodeados de gruesas pestañas bastaron para que Michael supiera que era una mujer, no una niña, y que rondaría los veintitantos.

También tenía que reconocer que era extremadamente bella, su rostro estaba dominado por aquellos increíbles ojos violetas, la nariz pequeña y los labios sensuales y carnosos. Tenía la piel pálida y delicada como la porcelana fina. Las ojeras le daban una apariencia de fragilidad.

Una fragilidad que quedaba en cierto modo anulada por la determinación de su barbilla.

Michael apartó la vista de aquel rostro tan arrebatadoramente bello para mirar horrorizado el bebé vestido de rosa que la joven le estaba tendiendo. No tenía ninguna experiencia con bebés, nunca había estado tan cerca de ninguno.

Dio un paso atrás para apartarse del bebé, que ahora babeaba.

–Pienso que...

–He descubierto que es mejor no pensar demasiado al estar con Sophie y Sam, y menos ahora que les están saliendo los dientes –afirmó ella–. Tal vez quieras ponerte esto en el hombro para protegerte la chaqueta.

La mujer le tendió una toallita blanca de tela mientras

le ponía el bebé en brazos sin ninguna ceremonia antes de darse la vuelta para cruzar el despacho, ofreciéndole a Michael una perfecta visión de su trasero con curvas cuando se agachó para quitarle los tirantes de seguridad al segundo bebé, que seguía lloriqueando en la silla.

Michael sostuvo al primer bebe, ¿Sophie? con los brazos extendidos, sin tener ni idea de qué hacer con ella, y desconcertado al ver que tenía los ojos del mismo color violeta que su madre. Eva sacó a Sam de la silla y se incorporó. Estaba muy molesta porque los dos empleados de Arcángel habían despertado a los niños cuando había conseguido que por fin se durmieran en el camino desde el hotel hasta la galería tras una noche revuelta porque los gemelos tenían dolor en las encías.

Como resultado, tanto Eva como los bebés estaban de mal humor aquella mañana. Eso no evitó que estuviera a punto de echarse a reír al ver que D'Angelo seguía sosteniendo a Sophie con ambos brazos extendidos y expresión horrorizada, como si el bebé fuera una bomba a punto de hacer explosión.

Pero Eva no llegó a reírse. Había tenido pocos motivos para reírse en los últimos meses. Los recuerdos hicieron que se recompusiera al instante.

—Sophie no muerde —le espetó con impaciencia mientras acunaba a Sam entre sus brazos—. Bueno... no demasiado —se corrigió—. Por suerte los dos solo tienen cuatro dientes en este momento.

Michael no era conocido por su paciencia, y menos en momentos como aquel.

—Estoy más interesado en saber qué haces en el área privada de Arcángel que en escuchar cuántos dientes tienen tus hijos.

La mujer alzó la barbilla y le lanzó una mirada desafiante con sus ojos violeta.

–¿De verdad quieres que hablemos de esto delante de tus empleados, señor D'Angelo? Porque doy por hecho que eres el señor D'Angelo –alzó una ceja.

–Sí, lo soy –Michael sacudió con impaciencia la cabeza–. No puedo imaginar qué haces aquí, pero tal vez prefieras hablar en mi despacho.

Pierre, que era bastante más joven que él, empezó a enumerar en francés todas las razones por las que no le parecía aconsejable que Michael estuviera a solas con aquella mujer. Puso en duda su salud mental y sugirió llamar a seguridad para que la echaran del edificio.

–Entiendo todo lo que has dicho –afirmó la mujer en francés fluido girando su brillante mirada violeta hacia un Pierre ahora incómodo–. Y podéis llamar a seguridad si queréis, pero os aseguro que estoy muy cuerda.

–No lo he dudado ni por un instante –se burló Michael con ironía–. No pasa nada, Pierre –le aseguró en inglés–. Si quieres pasar a mi despacho... –le pidió a la mujer apartándose del umbral para dejar al descubierto el despacho que tenía detrás.

Seguía sin saber qué hacer con el bebé. Sobre todo porque la niña, Sophie, le sonreía ahora mostrando con orgullo sus cuatro dientecitos blancos.

–Le caes bien –anunció la madre con disgusto mientras empujaba el carrito con Sam en brazos y pasaba por delante de Michael para entrar en su despacho.

Él se puso al instante la toallita de tela al hombro y alzó al bebé con un brazo para poder cerrar la puerta tras él y dejar al otro lado las miradas atónitas y preocupadas de Marie y Pierre.

–Vaya, qué vista...

Michael se dio la vuelta y vio a la mujer de ojos

violetas mirando por el ventanal que daba a los Campos Elíseos y al Arco del Triunfo. Aquella vista y la prestigiosa dirección eran las razones principales para escoger aquella impresionante ubicación para la galería de París.

–A nosotros nos gusta –ironizó–. Y ahora, ¿te importaría explicarte? Podrías empezar diciéndome quién eres.

Michael se preguntó brevemente si no se trataría de la insistente Monique del pasado de Rafe, pero el acento inglés parecía negarlo.

Eva se giró. Seguía sosteniendo en brazos a Sam, que ahora estaba tranquilo.

–Me llamo Eva Foster.

–¿Y? –preguntó D'Angelo al ver que no añadía nada más a la frase.

Eva lo miró con impaciencia.

–Y está claro que no tienes ni idea de quién soy –se dio cuenta horrorizada.

Él arqueó sus oscuras cejas.

–¿Debería?

¿Que si debería? Por supuesto que sí. Menudo imbécil irresponsable y arrogante...

–Tal vez el nombre de Rachel Foster te suene más –le espetó.

Michael frunció ligeramente el ceño y sacudió la cabeza.

–Lo siento, pero no tengo la menor idea de quién me estás hablando.

Una marea roja cruzó por delante de los ojos de Eva. Tantos meses de dolor, caos, pérdida, y aquel hombre ni siquiera recordaba el nombre de Rachel.

–¿Qué clase de hombre eres tú? No te molestes en contestar –añadió Eva furiosa mientras empezaba a recorrer arriba y abajo el despacho–. Está claro que por tu privilegiada vida y por tus sábanas han pasado tantas mujeres que te olvidas de ellas en cuanto aparece otra...

–¡Basta! –le ordenó D'Angelo con sequedad–. No, no te lo digo a ti, pequeña –añadió con dulzura al ver que Sophie sollozaba ante su tono–. ¿Estás insinuando que crees que he tenido una... relación con esa tal Rachel Foster? –dijo mirando de nuevo a Eva.

Eva abrió los ojos de par en par. Le ardían las mejillas por la furia.

–Resulta que esa tal Rachel Foster es mi hermana, y sí, has tenido una relación con ella. De hecho tienes parte de la prueba en tus brazos en este momento.

Michael miró al instante a la niña que tenía en brazos. No era una recién nacida, seguramente tendría unos cinco o seis meses, y era muy mona, como todos los bebés. Tenía el pelo negro, los ojos violeta, y un gesto de concentración en la carita mientras jugaba con uno de los botones de su chaqueta.

–No conozco a tu hermana –afirmó con rotundidad–. Así que mucho menos... no la conozco –repitió–. Así que no sé qué estaréis planeando vosotras dos, pero te aconsejo que lo olvides porque...

Se detuvo en seco cuando una de las manos de Eva Foster hizo doloroso contacto con su mejilla, provocando que la niña que tenía en brazos chillara.

–Eso no venía al caso –murmuró Michael apretando los dientes mientras agitaba al bebé en brazos para callar sus gritos.

–Claro que sí –insistió Eva Foster acercándose para acariciar la espalda de la niña–. ¿Cómo te atreves a negar que conoces a mi hermana y a acusarnos de intentar estafarte mientras sostienes en brazos a tu propia hija?

–Yo no... –Michael aspiró con fuerza el aire. Todavía le ardía la mejilla por la bofetada–. Sophie no es mi hija.

–Te aseguro que lo es –le espetó ella.

–¿Crees que podríamos intentar calmarnos un poco? Estamos estresando a los bebés –añadió Michael al ver que Eva abría la boca con intención sin duda de seguir discutiendo con él.

Era poco habitual que alguien discutiera con él. Michael estaba acostumbrado a dar órdenes y que los demás las obedecieran. Tampoco le gustaba que aquella mujer continuara acusándole de ser el padre de sus sobrinos.

Era una acusación que no le gustaba. Había aprendido la lección hacía muchos años en lo que se refería a las maquinaciones de las mujeres. Tenía que agradecerle a Emma Lowther haberle enseñado a no confiar nunca en ninguna en lo que se refería a métodos anticonceptivos. Y a todo lo demás.

¿Cuántos años habían pasado desde que Emma trató de chantajearle para que se casaran asegurando que estaba embarazada? Catorce. Y Michael todavía lo recordaba como si fuera ayer.

No es que él se planteara no asumir su responsabilidad. Oh, no. Michael había sido tan estúpido como para creer que estaba enamorado de Emma, e incluso le había hecho ilusión lo del bebé. Los dos habían hecho planes de boda durante semanas, hasta que Michael le presentó a un conocido en una fiesta y ella decidió en cuestión de días que Daniel, cuya familia era más rica incluso que la de Michael, sería un mejor marido. Fue entonces cuando le dijo que no había ningún bebé, que se había confundido. Tres meses después intentó usar el mismo truco con Daniel.

La escena que tuvo lugar después, cuando Emma supo que Michael le había advertido a Daniel sobre sus maquinaciones y que esta vez tampoco había bebé, no fue precisamente agradable.

El embarazo de Emma había sido una farsa, un truco para obligar a Michael a casarse con ella, y para él había sido aviso suficiente para saber que no podía confiar en que ninguna mujer se ocupara de la anticoncepción...

Por eso ahora podía negar con seguridad lo que Eva Foster decía sobre los hijos de su hermana.

—Gemelos —le aclaró Eva—. Los bebés son gemelos.

Ciertamente se parecían, los dos tenían el pelo negro como el ébano y los ojos violeta de su tía, pero no eran, y de eso no le cabía duda, hijos suyos.

—¿Cuánto tiempo tienen? —preguntó con sequedad.

—Seis meses.

Si a eso se le añadían los nueve de embarazo, suponía que habían pasado quince meses desde que se suponía que él...

Maldición, ¿por qué estaba haciendo siquiera cuentas? Por mucho que esta mujer dijera lo contrario, él no había dejado embarazada a ninguna mujer en los últimos quince meses ni en ningún otro momento.

—¿Y por qué crees que son míos? —mantuvo el tono bajo porque a Sophie se le habían empezado a cerrar los ojos. Apoyó la cabecita en su hombro. Al parecer estaba cansada por su berrinche anterior.

Eva alzó de nuevo la barbilla en gesto desafiante.

—Porque Rachel me lo dijo.

Michael asintió.

—En ese caso, ¿te importaría decirme por qué tu hermana no ha venido a contármelo ella misma? —quiso saber mientras dejaba con cuidado a la niña dormida en la silla. Luego fue a sentarse detrás de su escritorio.

Eva fue muy consciente de que D'Angelo se había sentado allí para poner distancia entre ellos y para tratar aquel asunto como si fuera una cuestión de trabajo.

No espera que el hombre que había encandilado y embarazado a su joven hermana fuera así. Sí, a Rachel le gustaba divertirse y era un poco irresponsable. Decidió viajar por el mundo durante un año cuando acabó la universidad, pero volvió a Londres diez meses después embarazada y sola.

El hombre que estaba detrás del escritorio no era lo que Eva había imaginado cuando Rachel le habló con entusiasmo del encanto de su amante y de lo guapo que era, de lo mucho que se habían divertido juntos en París. Sí, este hombre era muy guapo, pero de una belleza austera: ojos fríos y negros, facciones cinceladas, actitud rígida, y un aire solitario que le hacía difícil imaginarlo derritiéndose cuando le hacía el amor a una mujer.

Y desde luego no se lo imaginaba con Rachel.

Apretó los labios antes de contestarle.

—Estoy aquí en lugar de Rachel porque mi hermana ha muerto.

Michael dio un respingo.

—¿Qué...?

Si la intención de Eva era hacerle sentir culpable, conseguir alguna reacción que no fuera la sorpresa, se llevó una decepción. Parecía asombrado, pero de un modo distante, no como lo estaría un hombre que acababa de enterarse de la muerte de una examante.

Eva aspiró con fuerza el aire y trató de controlar sus propias emociones. Hacía semanas que no necesitaba decirle a nadie que su hermana había muerto, y contárselo ahora al hombre que una vez fue su amante, aunque él lo negara, le resultaba particularmente duro.

Igual que le resultaba imposible creer, aceptar, que su hermana Rachel, que solo tenía veintidós años y supuestamente toda la vida por delante, hubiera muerto hacía solo tres meses.

Eva había tratado de lidiar con su dolor al mismo tiempo que cuidaba de los gemelos. Era una batalla que finalmente tuvo que aceptar que estaba perdiendo, tanto emocional como económicamente. Primero Rachel se puso muy enferma y luego murió, así que para Eva fue y seguía siendo casi imposible trabajar mientras cuidaba primero de ella y luego de los gemelos, día y noche. Ya casi no le quedaban ahorros, y apenas podía reemplazarlos con los pocos encargos fotográficos que había podido aceptar en los últimos seis meses. Eran encargos a los que podía llevar a los gemelos, algo cada vez más difícil a medida que crecían y empezaban a balbucear.

Por eso, en lugar de darle a D'Angelo la oportunidad de colgarle si lo llamaba por teléfono, decidió utilizar sus últimos ahorros para volar el día anterior con los niños a París para poder enfrentarse cara a cara con su padre y obligarle a aceptar su responsabilidad.

Michael se puso abruptamente de pie al ver lo pálida que se había quedado Eva. La muerte de su hermana y el cuidado de los gemelos explicaban con bastante claridad las ojeras que tenía bajo aquellos preciosos ojos violeta.

Se acercó en dos zancadas al mueble bar que estaba en la zona de estar del despacho y miró las botellas. Decidió no ofrecerle alcohol y agarró una botella de agua de la neverita.

–Toma, deja que sujete al niño mientras tú te sientas –le dijo bruscamente al ver que se balanceaba un poco sobre las alpargatas.

–Se llama Sam.

Michael sostuvo al niño con un brazo y con el otro la tomó del hombro para guiarla hacia la zona de estar y dejarla sobre el sofá de cuero blanco.

–Lo siento –murmuró Eva tras darle un buen sorbo al agua fría. Fuera hacía mucho calor y había mucha distancia desde el hotel barato en el que estaba alojada hasta la galería Arcángel–. Creo que lo llevo bien y de pronto el dolor me golpea cuando menos me lo espero.

–Lamento tu pérdida –murmuró D'Angelo con un gruñido.

A Eva le costaba trabajo creerlo, teniendo en cuenta que hacía unos minutos había negado conocer a Rachel de nada.

Se inclinó hacia delante para dejar la botella de agua en la mesita auxiliar que tenía enfrente.

–Creo que ya puedes dejarlo también en la silla –murmuró malhumorada al ver que el traidor de Sam también se había dormido en el ancho y musculoso hombro de D'Angelo. Ella tenía que pasarse horas paseando arriba y abajo con un niño en cada hombro, y en cambio Michael solo tenía que tomarlos en brazos y los gemelos se quedaban dormidos al instante.

¿Sería porque sabían quién era? Tal vez. Eva había aprendido durante aquellos últimos meses que los bebés eran mucho más intuitivos de lo que nunca imaginó. Los gemelos habían captado al instante los nervios de Eva al tener que cuidarlos veinticuatro horas al día los siete días de la semana y habían convertido las pocas semanas que llevaban juntos en una batalla.

Michael se giró para mirar a Eva tras haber colocado a Sam en la silla al lado de su hermana. Sintió alivio al ver que, aunque todavía seguía teniendo ojeras, aquellas mejillas de porcelana habían recuperado al menos algo de color.

Se había quedado un poco turbado al enterarse de la muerte de la hermana de aquella mujer, la madre de los bebés dormidos.

–¿Cuántos años tenía tu hermana?

Eva alzó las cejas.

–¿Estabais demasiado ocupados para hablar de vuestra edad?

Michael dejó escapar un suspiro al escuchar su tono despectivo.

–Te repito que no conocí a tu hermana, al menos que yo sepa, así que no pude hablar con ella de nuestra edad y mucho menos ser el padre de sus hijos.

–Y yo te repito que no te creo –afirmó Eva con frialdad.

–Eso ya lo veo –Michael asintió.

Eva exhaló un suspiro tembloroso.

–Rachel tenía solo veintidós años cuando murió, era tres años menor que yo –murmuró–. Cuando le hicieron un escáner rutinario durante el embarazo descubrieron que tenía un tumor. Rachel se negó a interrumpir el embarazo o a recibir tratamiento para no poner en peligro a los bebés. Murió cuando ellos tenían tres meses.

–¿Y tus padres? –quiso saber Michael.

–Los dos murieron en un accidente de coche hace dieciocho meses.

Michael se sentó en una butaca frente a ella. No era de extrañar que estuviera tan a la defensiva con todo lo que le había pasado. Michael era el mayor de los tres hermanos D'Angelo, y no podía ni imaginar la devastación que supondría para él perder a sus padres de pronto, o a Gabriel o a Rafe.

Pero eso no cambiaba el hecho de que no conociera de nada a Rachel Foster ni a sus hijos.

–¿Dónde se conocieron Rachel y el padre de los niños? –preguntó.

Eva le lanzó una mirada impaciente.

–Aquí mismo, en la galería.

Michael hizo cuentas mentalmente.

–Yo no estaba en París ni en esta galería hace quince meses.

–¿Qué? –Eva lo miró sin dar crédito.

–Yo no estaba en París hace quince meses, Eva –le repitió él con dulzura–. Hasta hace poco, mis hermanos y yo nos rotábamos en las galerías. Hace quince meses yo estaba en la galería de Nueva York organizando una exposición de arte maya.

Ella sacudió ligeramente la cabeza.

–No entiendo... mi hermana dijo... ¿quién eres tú exactamente?

Michael esbozó una sonrisa tensa.

–¿No es un poco tarde para preguntarme eso cuando ya me has acusado de tener una relación con hermana y de ser el padre de tus sobrinos?

A Eva se le había secado completamente la boca.

–Di por hecho que... ¿quién eres? –le preguntó ahora con voz temblorosa. Apoyó las manos tensas sobre los muslos

–Michael D'Angelo.

*¿Michae*l D'Angelo?

Eva pensó que iba a vomitar al darse cuenta de que durante todo aquel tiempo había estado acusando al D'Angelo equivocado de ser el padre de los gemelos.

Capítulo 2

OH, DIOS mío, ¿por qué no se le había ocurrido a Eva preguntarle a aquel hombre su nombre completo? Tendría que haberse asegurado de qué hermano D'Angelo estaba hablando antes de... bueno, al menos antes de lanzarse a acusarlo.

Desgraciadamente, Eva sabía exactamente por qué no lo había hecho.

Porque este hombre, Michael D'Angelo, provocaba una respuesta en ella, una respuesta física que había considerado completamente inapropiada respecto al hombre que pensaba que había estado con Rachel.

Pero seguía siendo inapropiado, era el hermano del padre de los gemelos.

Era altísimo, exudaba una confianza y un aura de poder que Eva no podía por menos que fijarse en todo lo relacionado con él: el modo en que el pelo se le rizaba ligeramente en las orejas y la nuca, en la intensidad de aquellos ojos negros como la noche, las duras y al mismo tiempo hipnotizadoras líneas sensuales de su rostro esculpido...

–Bebe un poco más de agua –Michael estaba de pronto de cuclillas a su lado, tendiéndole la botella de agua.

Eva la agarró con dedos temblorosos y bebió con avidez al darse cuenta de que estaba empezando a hiperventilar al pensar en el aspecto de aquel hombre.

Al mismo tiempo, se estremeció mentalmente al recordar su conversación, las cosas que le había dicho, las acusaciones... al hombre incorrecto.

Nada de todo aquello contribuía a suavizar la incomodidad de la situación en la que Eva se encontraba ahora.

–Parece que te debo una disculpa –murmuró con tono seco–. Está... está claro que he cometido un error. No sé qué más decir –gruñó avergonzada sin atreverse a mirar a Michael D'Angelo a los ojos.

Sin atreverse a mirar aquella cara arrogante y fría. Una cara, un hombre que no debería encontrar atractivos en absoluto.

Pero Eva sabía que así era.

No pudo evitar mirarlo de reojo. Se quedó una vez impresionada por la cincelada perfección de sus facciones. Aquellos ojos negros como la obsidiana que revelaban muy poco de los sentimientos y pensamientos del hombre, los pómulos esculpidos, la boca... Dios, la boca de aquel hombre era pura perfección, el labio superior algo más carnoso que el inferior.

Seguramente aquello indicaba una naturaleza profundamente sensual.

Si aquel era el caso, si había alguna sensualidad, Eva estaba convencida de que aquel hombre la mantendría a raya bajo su férreo control.

Michael D'Angelo se incorporó abruptamente.

–Como he dicho antes, tal vez ambos deberíamos calmarnos un poco.

Eva seguía sintiendo que estaba al borde de la hiperventilación, ¿y él volvía a pedirle que se calmara?

Tras tomar la dura decisión de ir a París, había decidido cómo proceder una vez allí.

Encontraría la manera de verse cara a cara con D'Angelo.

Y así lo había hecho.

Él negaría cualquier relación con Rachel.

Y así lo había hecho.

Eva se burlaría entonces de aquella negación y mostraría a los gemelos como prueba.

Y así lo había hecho.

La acusación por parte de D'Angelo de que Rachel y ella estaban intentando estafarle de algún modo había sido inesperada...

Igual que la respuesta de Eva, que le había dado una bofetada. Hasta aquel día nunca se había considerado una persona violenta.

Y a partir de ahí la conversación pareció ir cuesta abajo...

Eva aspiró varias veces el aire antes de volver a hablar, decidida a no perder por completo el control de la situación.

—Todo me parece bien, pero creo que se te escapa algo en esta situación.

Michael D'Angelo alzó una de sus oscuras y arrogantes cejas.

—¿A qué te refieres?

Eva echó los hombros hacia atrás con decisión y lo miró sin pestañear.

—A que tal vez tú no seas el padre...

—Te lo aseguro, no lo soy —afirmó él con dureza.

—Pero eso no cambia el hecho de que uno de tus hermanos sin duda lo es —continuó Eva sin apartar la mirada de la suya.

Al mismo tiempo se preguntó cómo podía estar Michael D'Angelo tan seguro de no ser el padre de los hijos de Rachel. Eva estaba segura de que no se debía a la abstención física. Bajo la indiferencia de aquel hombre presentía una sensualidad profunda y oscura, le daba la sensación de que sería un amante que exigiría la posesión completa de una mujer.

Y también, pensó Eva frunciendo el ceño, sería un hombre que necesitaría estar todo el rato controlando, y por lo tanto no le cabía duda de que no olvidaría tomar las precauciones necesarias para asegurarse de que no se produjera ningún embarazo en ninguna de sus relaciones con mujeres.

Algo de lo que Eva tendría que haberse dado cuenta antes de acusarlo de ser el padre de los gemelos.

Michael se quedó sin aliento al caer en la cuenta de todas las ramificaciones de las revelaciones de Eva Foster. Casi lamentaba no ser él el responsable de la paternidad de los bebés de Rachel. Porque para cualquiera de sus dos hermanos pequeños, ahora casados, ser el padre supondría un desastre de proporciones impensables.

Ni Gabriel ni Rafe estaban casados quince meses atrás, cuando fueron concebidos los niños, pero ahora lo estaban. Gabriel solo llevaba cinco semanas casado, Rafe unos días. Y sin duda sería mucho pedir, demasiado tal vez, que Bryn o Nina aceptaran que sus maridos tenían unos gemelos de seis meses con otra mujer. Apretó los labios.

—Teniendo en cuenta que ya has cometido un error, creo que tendrás que estar más segura de los hechos antes de ir por ahí haciendo más acusaciones.

Las mejillas de porcelana de Eva Foster se colorearon.

—Me he equivocado. Y me he disculpado —añadió incómoda—. Pero eso no altera el hecho de que alguno de tus hermanos es el padre de Sophie y Sam.

Michael se dio la vuelta para ocultar las emociones que sin duda eran aparentes en su rostro: consternación, agobio y un poco de furia, todo ello dirigido hacia el hermano que hubiera provocado la presente situación.

Se metió las manos en los bolsillos de los pantalones mientras se acercaba al ventanal. Por una vez fue ajeno a la magnífica vista. No recordaba haberse sentido nunca tan impotente, tan perdido.

Era el hermano mayor, y aunque solo se llevaba un año y dos con ellos respectivamente, siempre había sido protector con Rafe y Gabriel, a veces demasiado, según decían ellos. Pero en aquella situación no se le ocurría ninguna forma de evitar el inminente desastre.

Pero, ¿para cuál de sus hermanos?

¿Rafe, que por fuera parecía tan frívolo y por dentro era tan decidido, que por fin se había enamorado y se había casado con la bella Nina, la mujer perfecta para contrarrestar aquellas aparentes contradicciones de su voluble naturaleza?

¿O Gabriel, enamorado de Bryn durante los últimos cinco años, pero convencido de que se trataba de un amor imposible, de un amor perdido al que no tenía derecho hasta que volvieron a encontrarse y supieron que no era imposible? Fuera cual fuera el responsable, seguro que provocaría...

–Rafe.

Michael entornó los ojos y se giró bruscamente para mirar de frente a Eva Foster.

–¿Qué? –preguntó con voz ronca, fría. Ya conocía la respuesta, pero deseaba con toda su alma que no fuera así.

–Fue Rafe con quien Rachel tuvo una relación hace quince meses –le espetó Eva Foster.

Michael ya había hecho las cuentas para saber cuál de sus dos hermanos estaba al mando de la galería de París quince meses atrás. En aquel momento tuvo que hacer un tremendo esfuerzo por mantener una expresión remota y fría mientras Eva Foster confirmaba sus peores temores.

No le cabía la menor duda de que Nina amaba a Rafe incondicionalmente y viceversa, y que entre los dos encontrarían la manera de enfrentarse a aquella situación para que su matrimonio sobreviviera al golpe.

Pero el padre de Nina, el rico y poderoso Dmitri Palitov, ya era otro cantar. Protegía excesivamente a su hija, y no le gustaría que nadie se atreviera a amenazar la felicidad de Nina.

Michael sabía que Rafe era capaz de cuidar de sí mismo. Lo que le preocupaba era Eva Foster...

–Espero que me perdones, pero soy un poco escéptico respecto a la exactitud de tu acusación –afirmó Michael.

El corazón le latía con fuerza dentro del pecho y la mente le discurría a toda prisa mientras trataba de pensar en alguna forma de encontrar una prueba que demostrara que Eva Foster se había equivocado por segunda vez.

Pero... hasta que Rafe conoció a Nina y se enamoró de ella, había salido con docenas de mujeres hermosas, algo sobre lo que Michael le había advertido en más de una ocasión.

Y nada podía cambiar el hecho de que Rafe estaba en la galería de París quince meses atrás.

Y lo más importante de todo: a pesar del error inicial al pensar que Michael era Rafe, Eva Foster parecía estar muy segura del nombre del padre de sus sobrinos.

–Puedes mostrarte todo lo escéptico que quieras

–respondió ella con tono neutro–. Los dos sabremos la verdad en cuanto tenga oportunidad de hablar con tu hermano.

¡Aquel era el temor de Michael!

–En este momento no está en París, como es obvio.

–Supongo que no irás a decirme que podría haberme ahorrado el trauma del vuelo con los gemelos hasta París porque Rafe está actualmente en la galería Arcángel de Londres, ¿verdad?

A Michael le estaba costando hablar, sus pensamientos eran un caos. Algo poco habitual en él, pero nunca se había visto en una situación igual.

Una cosa estaba clara: no quería que Eva Foster anduviera por allí ni por Londres repitiendo aquellas acusaciones a alguien más. No hasta que tuviera oportunidad de hablar con Rafe. Algo que no tenía intención de hacer durante las próximas dos semanas al menos.

–No –le dijo en voz baja–. No voy a decirte eso.

–¡Por favor, no me digas que está en la galería de Nueva York! –gimió Eva.

No podía soportar la idea de volar hasta Nueva York con dos bebés de seis meses que estaban inquietos la mayor parte del tiempo porque les estaban saliendo los dientes. Aunque nadie lo diría al verlos ahora, dormidos como dos ángeles.

–No, no voy a decirte eso tampoco... –respondió Michael D'Angelo arrastrando las palabras.

Eva lo miró entornando los ojos.

–Si me has dicho que tampoco está aquí, ¿dónde está? –le preguntó con recelo.

–No está disponible.

Ella alzó las cejas ante tal respuesta.

–Me temo que esa no es una respuesta aceptable.

Michael apretó los labios.

—Es la única que vas a recibir por el momento —murmuró entre dientes—. No está disponible.

Estaba claro que aquella mujer no había visto en los periódicos del domingo las fotos de la boda de Rafe y Nina el sábado. Sin duda, cuidar de unos niños de seis meses no le dejaba mucho tiempo para hacer nada más. Pero Michael sabía que no podía esconderle aquella verdad indefinidamente.

Eva se revolvió.

—Tengo que hablar con él urgentemente.

Michael asintió.

—Todo lo que tengas que decirle a Rafe me lo puedes decir a mí.

—Lo dudo, ya he cometido ese error una vez —le espetó ella.

Michael expulsó el aire por las fosas nasales.

—Por supuesto, le comunicaré tu... preocupación a mi hermano en cuanto hable con él, pero aparte de eso...

—No —afirmó Eva Foster poniéndose al instante de pie—. Eso no es suficiente. Tengo que hablar con él ahora, no cuando tú hables otra vez con él.

Michael tenía que reconocer la tenacidad de aquella mujer.

El brillo decidido de aquellos ojos violeta indicaba que no pensaba recular.

—Ya te he dicho que es imposible.

Los ojos de Eva echaron chispas.

—¡Entonces te sugiero que lo hagas posible!

Michael contuvo su propia ira.

—Los gemelos tienen seis meses, entonces, ¿por qué esta repentina urgencia por hablar con el hombre que tu hermana te dijo que era el padre?

–Es su padre –insistió Eva con obcecación.

¿Y por qué la repentina urgencia? Porque por mucho que Eva lo hubiera intentado, por mucho que odiara admitir la derrota, sabía que no podía seguir sin ayuda. Económica y emocional.

Pero no tenía intención de admitir aquello al frío y controlado Michael D'Angelo, un hombre que parecía capaz de lidiar con cualquier situación.

¿Cómo iba a entender un hombre así el tremendo dolor que se apoderaba de ella como una marea negra y asfixiante cada vez que pensaba en la muerte de su hermana? Por no hablar de lo incompetente que se sentía Eva cuidando de los bebés, por mucho que los quisiera.

Y todo ello aparte del hecho de que, sencillamente, no tenía ingresos suficientes para cubrir las necesidades presentes y futuras de los gemelos.

No podía viajar para hacer encargos fotográficos porque no podía dejar a los niños. Incluso aceptar encargos locales, ir a monótonas pero bien pagadas sesiones de bodas y bautizos, se estaba haciendo más problemático porque Eva ya no podía llevárselos con ella. A las novias no les gustaba que los niños de la fotógrafa se pusieran a llorar durante su boda.

Y aunque consiguiera encontrar a una cuidadora de confianza, le costaría gran parte del dinero que sacaría del trabajo.

No, Eva se lo había pensado mucho antes de buscar a Rafe D'Angelo. Había considerado sus opciones con cuidado, y por muy desagradable que fuera esta alternativa, no veía más solución a aquel problema que pedirle ayuda financiera al padre de los gemelos.

No quería nada más de él, solo una vía para poder cuidar de ellos sin tener que preocuparse de dónde iba a sacar el próximo penique. Pero no quería nada más.

Tras conocer a Michael D'Angelo y hablar con él, Eva estaba convencida de que cuanto menor fuera la interrelación entre la familia D'Angelo y los gemelos, mejor para ellos. Y para ella.

Sacudió la cabeza.

—Es con tu hermano Rafe con quien necesito hablar, no contigo.

Michael no sabía qué pensamientos habían cruzado por la mente de Eva Foster durante los últimos momentos, pero sabía que no eran agradables. Estaba otra vez pálida como la porcelana, se le marcaban más las ojeras y le temblaban ligeramente los labios, lo que evidenciaba más su vulnerabilidad.

Un aire de vulnerabilidad del que sin duda a aquella mujer no le gustaría ser consciente.

Michael entornó la mirada.

—¿Has comido algo hoy?

Ella lo miró sorprendida ante el repentino cambio de tema.

—¿Perdona?

Michael se encogió de hombros.

—Es casi la hora de comer y estás un poco pálida, así que me pregunto si has comido algo hoy.

Eva parpadeó con sus largas pestañas.

—Yo... sí, creo que comí un trozo de tostada esta mañana cuando les di el desayuno a los niños.

—¿En el hotel?

Ella esbozó una sonrisa irónica.

—Yo diría que es más bien una pensión, no un hotel. Era lo único que me podía permitir, ¿de acuerdo? —añadió a la defensiva al ver que Michael fruncía el ceño—. No todos podemos vivir en áticos de las ciudades más importantes del mundo y volar en jet privado, ¿sabes?

No cabía duda de que eso era exactamente lo que

hacían Michael y sus dos hermanos. Y sin duda era también una de las razones por las que Eva Foster decidió buscar al padre de los gemelos y pedirle ayuda...

–¿Y dónde está esa pensión?

–Está en una calle de atrás cerca de la Gare du Nord –reveló a regañadientes–. Mira, si pudiera hablar con tu hermano...

–Por lo que he entendido, ¿tienes intención de pedirle ayuda económica cuando hables con él?

Eva se sonrojó.

–Mi intención es recordarle su responsabilidad económica hacia sus dos hijos, sí... ¡no me mires así! –le espetó retorciéndose las manos.

–¿Cómo te estoy mirando? –le preguntó Michael sin cambiar el tono.

–Como si pensaras que soy una especie de cazafortunas que ha venido a sacarle los millones a tu hermano –Eva sacudió la cabeza con disgusto–. Para mí no ha sido fácil venir aquí, ¿sabes? Lo último que quiero es tener contacto con el padre de los gemelos, de los que no quiere saber nada.

Eva comenzó a recorrer arriba y abajo el despacho.

–¿Estás diciendo que Rafe conoce la existencia de los niños? –Michael la miró con los ojos entornados.

Ella se detuvo en seco.

–No... no lo creo. Pero no estoy segura –Eva torció el gesto–. Rachel no me dio muchos detalles, solo me dijo el nombre de su amante y que la relación ya había terminado cuando supo que estaba embarazada. Yo estaba fuera del país cuando se enteró, y no me lo mencionó cuando hablábamos por teléfono cada semana. Cuando regresé a Inglaterra ya estaba de cinco meses y le habían diagnosticado cáncer.

Eva suspiró.

–En aquel momento no me pareció importante presionarla para que me diera más detalles sobre el padre de los bebés, me bastaba con el nombre.

Michael asintió.

–¿Dónde estuviste ese tiempo? –por alguna razón le interesó saber por qué Eva había estado fuera de su país natal durante tantos meses.

Ella frunció el ceño y se encogió de hombros.

–¿Qué más da? Viajo mucho fuera de Inglaterra por mi trabajo. Al menos antes –añadió con una mueca–. Rachel estuvo muy enferma los últimos seis meses de su vida, y desde entonces he cuidado yo sola de los gemelos.

–¿No has podido trabajar desde que murió tu hermana?

–No como tendría que haberlo hecho –era la verdad, ¿qué otra cosa podía decir?

–Pero...

–Mira, mi trabajo y mi vida no son el tema de discusión aquí –le espetó irritada.

Quería a los gemelos, de hecho los adoraba, entre otras cosas porque eran lo único que le quedaba de Rachel.

Pero Eva se había preparado y había trabajado duro para triunfar en un trabajo dominado por hombres, y aquellos nueve meses alejada del trabajo le habían pasado factura, tanto personalmente como en el respeto que había logrado conseguir con sus fotografías.

–No estoy de acuerdo –respondió Michael con frialdad–. Si debo comunicarle a Rafe que es el padre de los niños, algo que todavía no tengo nada claro, entonces tu trabajo y tu vida serán los temas principales de discusión.

Eva se quedó quieta y escudriñó su rostro. Una sensación de pánico comenzó a subirle por el pecho al ver la frialdad de su mirada y la dureza de aquellos labios esculpidos.

Asintió brevemente con la cabeza con gesto de recelo.

–Rachel me nombró tutora legal de los gemelos antes de morir.

Michael alzó sus oscuras cejas.

–Pero por supuesto, el padre biológico tiene preferencia sobre una tía materna.

El pánico se transformó en una oleada de rabia. Eva sintió que le apretaban con fuerza el corazón dentro del pecho.

–¿Me estás amenazando con quitarme a los niños?

Michael no sabía lo que estaba haciendo, pero desde luego no le estaba gustando nada. Sentía como si le estuviera dando patadas a un gatito hambriento y maltratado.

Aunque aquel gatito en particular seguramente le escupiría a los ojos en cuanto lo mirara...

Capítulo 3

MICHAEL sabía la reputación que tenía, era consciente de que la mayoría de la gente le consideraba frío y despiadado, un autómata sin corazón, y tal vez aquella acusación fuera cierta en los negocios. Y, sin duda, muchas de sus antiguas amantes también estarían de acuerdo; varias mujeres lo habían acusado de carecer de corazón cuando había puesto fin a la relación.

Pero Michael quería profundamente a su familia, a sus padres y a sus dos hermanos, y ahora a sus mujeres, y haría cualquier cosa para protegerlos a todos y cada uno de ellos.

¿Incluso hasta el extremo de intimidar a una mujer joven e indefensa que solo quería hacer lo correcto para la única familia que le quedaban, sus sobrinos huérfanos?

Desgraciadamente, sí.

Pero porque no le quedaba opción. Porque no podía permitir que Eva Foster repitiera aquella acusación a nadie más hasta que tuviera oportunidad de hablar con Rafe, y no lo haría hasta que volviera de luna de miel. Y si la única manera de conseguir el silencio de Eva era darle miedo haciéndole creer que Rafe podría querer la custodia de los gemelos en caso de ser el padre, entonces lo haría.

Sí, su hermano era obstinado y se había ganado reputación de playboy en los últimos quince años, pero al enamorarse de Nina había dejado de necesitar aquella armadura. Lo cierto era que Michael no tenía ni idea de cómo reaccionaría Rafe al saber, siempre que fuera cierto, que había tenido gemelos con otra mujer que no era Nina.

Michael solo sabía lo que haría él en la misma situación.

Fuera cual fuera el coste que tuviera que pagar él o la persona con la que estuviera en aquel momento, sabía que querría tener a sus hijos con él. Y Rafe, a pesar de lo distintos que parecían por fuera, se parecía bastante a él en ese sentido. Por eso estaba seguro de que Rachel Foster no le había contado nada a su hermano del embarazo.

–Solo estoy constatando un hecho –le aseguró a Eva–. No digo que vaya a ser el caso, solo que deberías considerar la posibilidad.

Eva no quería considerar siquiera la idea de que le quitaran a los gemelos.

Sí, le resultaba difícil y agotador ocuparse de dos niños tan pequeños día y noche, y sí, había tenido que dejar su carrera profesional en suspenso casi permanente.

Pero eso no significaba que estuviera dispuesta a renunciar a ellos. De hecho era todo lo contrario; sabía que pelearía con uñas y dientes para evitar que eso sucediera.

Se acercó a la silla donde dormían los niños.

–Tal vez he cometido un error al venir aquí.

–Me temo que ya es demasiado tarde, Eva.

Se quedó paralizada al escuchar el tono de aquellas palabras. Michael D'Angelo era demasiado guapo, inmensamente rico y extremadamente poderoso, y su única respuesta fue sentir un escalofrío por toda la espina dorsal, sentir los senos pesados bajo la camiseta y los pezones erectos.

Y lo que era más humillante todavía, seguramente Michael D'Angelo podría ver aquellos pezones apretándose contra la camiseta.

Eva no fue capaz de mirar de frente la oscuridad de sus ojos cuando le sonrió, agarró la silla y la giró para salir por la puerta del despacho.

—Creo que ya te he robado bastante tiempo...

—No vas a ir a ninguna parte, Eva.

Ella se detuvo en seco y lo miró asombrada.

—¿Qué quieres decir? Claro que me voy de aquí.

—Tal vez salgas de este despacho, pero no puedo permitir que dejes París hasta que haya hablado con Rafe —aseguró Michael con tono suave pero inconfundiblemente autoritario.

—¿No lo puedes permitir? —Eva lo miró sin dar crédito—. Perdona, pero, ¿en qué momento de la conversación crees que te he concedido el derecho a decirme lo que puedo o no puedo hacer?

Él le dirigió una sonrisa tirante.

—Yo diría que fue en el momento en que me dijiste que crees que mi hermano Rafe es el padre de tus sobrinos.

Eva entornó los ojos.

—Creo que ese asunto deberíamos hablarlo Rafe y yo, ¿no te parece?

—Ahí es donde está el problema.

—Todavía no entiendo por qué.

Michael aspiró con fuerza el aire. Odiaba lo que estaba haciendo, pero no tenía más opción. Por el bien de Rafe y de Nina, no le quedaba más remedio que vigilar de cerca a la joven que podría poner en peligro el recién estrenado matrimonio de su hermano. Y para ello tenía que conseguir que Eva se quedara en París.

–¿Puedes decirme en qué lugar del mundo está tu hermano Rafe que no puede atender el móvil para que hable con él en este mismo momento? –insistió ella.

Michael suspiró y luego apretó las mandíbulas.

–Rafe se casó hace dos días y ahora mismo está de luna de miel.

Eva sintió cómo palidecía mientras se agarraba a una de las butacas de cuero para evitar derrumbarse allí mismo. Le fallaron las rodillas y escuchó un zumbido en el interior de la cabeza.

–Vamos, siéntate.

Eva apenas escuchó la orden de Michael D'Angelo a través del zumbido de su cabeza. No ofreció ninguna resistencia cuando la sostuvo del brazo para sentarla en una de las butacas de cuero antes de apartarse unos pasos de ella. Al parecer se dio cuenta de que necesitaba tiempo y espacio para lidiar con sus turbulentos pensamientos.

Pero no había tiempo ni espacio capaces de mejorar aquella desastrosa situación.

Rafe D'Angelo estaba casado.

Peor todavía, solo llevaba dos días casado. Cuarenta y ocho horas.

Si Eva le hubiera buscado tan solo una semana atrás, o incluso tres días, entonces podría haber sido distinto, pero tal y como estaban las cosas ahora la situación parecía imposible. Una cosa era acercarse a Rafe D'Angelo y pedirle ayuda económica para los gemelos y otra muy distinta romper seguramente su matrimonio antes siquiera de empezar.

A pesar de que Eva la urgió a hacerlo, Rachel no quiso hablar de Rafe tras dar su nombre. Para ella solo fue una aventura de vacaciones, ninguno de los dos estaba enamorado, solo disfrutaron de un par de semanas de diversión juntos en París.

Rachel lo tenía muy claro. Ocurrió y terminó cuando ella dejó París, aquello fue el final de la relación. Saber que estaba embarazada no cambió en absoluto su forma de verlo.

La idea de buscar ahora a Rafe D'Angelo, de pedirle ayuda financiera con los gemelos, había partido completamente de Eva.

Y no podía haber escogido un peor momento.

Por mucho que Eva necesitara la ayuda de Rafe D'Angelo con los gemelos, no era una persona vengativa. Era muy consciente del caos que podría provocar si entraba ahora en su vida con los niños. Y en cuanto a su pobre esposa...

Eva trató de imaginar qué sentiría si se viera de pronto con dos gemelos hijos de su marido. Oh, Dios...

No era de extrañar que Michael D'Angelo se negara a hablar con Rafe en aquel momento. No podía contactar con su hermano en plena luna de miel y decirle que Eva estaba en París con dos niños que eran sus hijos.

Aspiró con fuerza el aire para despejarse un poco la cabeza y calmar el pulso. Miró a Michael, que guardaba silencio.

–No podía haber venido en peor momento –era una afirmación, no una pregunta.

–Bueno, no sé –ironizó él–. Creo que a las cuatro de la tarde del sábado, hora de Nueva York, habría sido todavía peor. Rafe y Nina se casaron allí a las tres –se explicó.

Si se suponía que era una broma, a Eva no le hizo ninguna gracia.

–¿Y qué hago yo ahora? –agitó suavemente la cabeza.

–¿Qué *hacemos* ahora? –la corrigió Michael con dureza.

Seguía teniendo claro que no dejaría que Eva Foster deambulara por París o por Londres como un cañón perdido. Despertaría la curiosidad de la gente respecto al motivo por el que estaba allí. La curiosidad de Marie y Pierre unos instantes antes era un buen ejemplo de ello.

No, Michael mantendría a Eva Foster y a los dos bebés alejados del ojo público hasta que pudiera hablar con Rafe. Un gran inconveniente para él, por cierto. Más le valdría a Rafe agradecérselo, porque sin duda las próximas dos semanas iban a resultar extremadamente dolorosas para Michael. Su hermano le debía una, y muy grande.

–No te entiendo... –Eva lo miró con gesto perdido. Al parecer todavía en estado de shock por la noticia de la boda de Rafe.

Michael torció el gesto.

–¿Cuánto tiempo tienes pensado quedarte en París?

Ella parpadeó.

–El vuelo de regreso es dentro de tres días. No creí que fuera a necesitar más de un día o dos para hablar con tu hermano –añadió a la defensiva al ver que Michael fruncía el ceño.

–No importa –carraspeó él con impaciencia–. Podemos cancelar ese vuelo y...

–No tengo intención de cancelar mi vuelo –Eva se puso de pie bruscamente–. Venir aquí fue todo un riesgo y ahora que sé que tu hermano ni siquiera está aquí, tengo todavía menos razones para quedarme en París.

Tendría que haber llamado antes de llegar, asegurarse al menos de que Rafe D'Angelo estuviera en la ciudad antes de ir y presentarse en la galería Arcángel insistiendo que quería verlo.

Aquello era lo que Eva tendría que haber hecho. Pero no quería alertar al hombre de su inminente llegada, confiaba en pillarle desprevenido para evitar que saliera de París antes de que ella llegara.

Pero Rafe estaba de luna de miel y en su lugar había tenido que enfrentarse con Michael D'Angelo. Un hombre del que ya sabía que tenía que guardarse porque la perturbaba demasiado.

Michael D'Angelo entornó aquellos ojos negros y penetrantes.

—¿Tienes alguna razón para volver a Londres tan deprisa? ¿Un novio? ¿O tal vez un marido? —levantó las cejas.

—Creo que me he presentado como Eva Foster, el mismo apellido que Rachel, y ya te he dicho que no estaba casada.

—No todas las mujeres adoptan el apellido de su marido cuando se casan.

Eva tuvo que reconocer que en eso tenía razón.

—No es asunto tuyo, pero no, no tengo novio ni marido —contestó con impaciencia—. No tenía tiempo para esos asuntos antes de que los gemelos nacieran, estaba demasiado ocupada trabajando y luego cuidando de Rachel y de los niños. Y ahora no creo que ningún hombre se interese por mí y mi repentina familia.

Michael asintió, satisfecho con la respuesta.

—Entonces no hay razón para que no puedas quedarte en París una semana o dos.

—¿Quedarme una semana o dos en París? —Eva

abrió los ojos de par en par–. Sí hay una razón por la que no puedo hacerlo, y es una razón económica.

¿Acaso aquel hombre no vivía en el mundo real?

Eva había necesitado de sus últimos ahorros para pagar el vuelo a París y las cuatro noches de pensión, y no podía permitirse quedarse ni un día más. En cualquier caso, todo había sido una pérdida de tiempo y de dinero, lo que empeoraba la situación.

–No estaba sugiriendo que... –Michael no terminó la frase porque llamaron con los nudillos a la puerta del despacho–. Adelante –dijo con tono seco. Su expresión no se suavizó al ver a su asistente abrir la puerta–. ¿Qué ocurre, Pierre? –le preguntó con irritación.

El otro hombre los miró a ambos con vacilación.

–*Excusez-moi*... quiero recordarte que tienes una cita para comer con el conde de Lyon a la una y son las doce y media.

Michael miró con impaciencia el reloj.

–Es verdad –murmuró–. Necesito que vayas a esa comida con el conde en mi lugar, Pierre –le pidió–. Discúlpate de mi parte y dile que... dile que me ha surgido un asunto familiar urgente.

A Eva se le sonrojaron las mejillas al sentir la mirada curiosa de Pierre girándose hacia ella, que ahora estaba cerca del ventanal. Los gemelos se parecían mucho a ella, así que seguramente el asistente pensaría que era su madre, como le pasaba a la mayor parte de la gente.

Aunque no se le pasó por la cabeza ni por un instante que aquel elegante y guapo asistente presionara a Michael D'Angelo al respecto; dudaba que hubiera mucha gente que se atreviera siquiera cuestionar nada de lo que dijera aquel arrogante.

Además, a Eva no le importaba la relación de Michael D'Angelo con su personal ni su cita para comer con un conde francés. Le importaba más terminar con la conversación que estaban teniendo antes de ser interrumpidos.

¿De verdad estaba sugiriendo Michael D'Angelo que se quedara en París una semana o dos? ¿Para qué? Más le valía explicar cuanto antes sus motivos, porque los gemelos se despertarían pronto y pedirían también su comida... seguramente a pleno pulmón.

–¿Y si el conde no está... contento con la solución? –le preguntó Pierre a su jefe.

–Pues que no esté contento –le espetó Michael–. Concierta otra cita si ese es el caso, Pierre.

El joven parecía no saber qué hacer. Eva se dio cuenta entonces de que seguramente Pierre estaría trabajando en la galería en la época en que Rachel estuvo con Rafe D'Angelo...

–¿Cuánto tiempo llevas trabajando para Arcángel, Pierre? –le preguntó con curiosidad.

El joven miró a su jefe de reojo antes de responder.

–Tengo... tengo el placer de llevar ya casi cuatro años como asistente de dirección aquí –respondió con recelo.

–En ese caso estabas aquí cuando...

–Deberíamos dejar que Pierre se fuera a comer, Eva –la interrumpió Michael con firmeza. Sabía dónde quería llegar con aquella conversación. Y lo que él quería evitar a toda costa era precisamente que Eva fuera por ahí preguntando al personal de Arcángel o a quien fuera si sabían algo de la relación de su hermana con Rafe.

–Estoy segura de que a Pierre no le importa que pregunte, Michael –afirmó ella con dulzura edulcorada–. Sobre todo si le gusta tanto trabajar aquí.

Michael la miró con escepticismo, no se dejó en-

gañar ni por un momento por su dulzura. Eva Foster
tenía una lengua envenenada, una lengua que él, y sin
duda muchos de los hombres que la conocían, podían
imaginar en un mejor uso. Eva Foster subestimaba su
propia belleza y su capacidad de atracción si pensaba
que cuidar de los gemelos alejaría a los hombres de
ella.

Quedaba claro por la mirada de admiración de Pierre que incluso un hombre casado con dos niños pequeños no era completamente inmune a aquella melena oscura y brillante y a aquellos ojos violeta.

–Me temo que tengo que insistir –carraspeó Michael antes de girarse hacia el joven–. Me marcho, Pierre, y no volveré a la galería hoy, así que cancela todas
mis citas de hoy y asegúrate de cerrar todo antes de
marcharte por la tarde.

–Por supuesto –confirmó el joven un poco ago-
biado–. Señorita... –se dirigió educadamente a Eva
Foster antes de marcharse y cerrar la puerta al salir.
Los dos hombres tenían claro que aquellos no eran los
planes antes de que Eva Foster llegara a la galería.

–No deberías haberme callado –protestó ella con
impaciencia–. Pudo haber conocido a Rachel, podría
confirmar su relación con tu hermano Rafe...

–La única persona con la que quiero confirmar esa
relación, si es que existió, es con mi hermano Rafe
–aseguró Michael con rotundidad.

–Y no está disponible.

Michael la miró torciendo el gesto.

–¿Qué quieres de mí, Eva? ¿Quieres que interrumpa
la luna de miel de Rafe y le cuente lo de los gemelos?
¿Es eso?

–Sí... no... –gimió con tristeza.

–Puedo hacerlo si me lo exiges –Michael asintió.

Muchas mujeres exigirían algo así, entonces, ¿por qué esperar de ella algo distinto?–. Sin duda eso dañará irrevocablemente su matrimonio, pero sí, puedo ponerme en contacto con Rafe ahora mismo si insistes.

–¡Deja de intentar ponerme como la mala de este asunto! –los ojos le brillaron con rabia.

–¿Sí o no, Eva? –presionó él.

–No, por supuesto que no quiero dañar el matrimonio de tu hermano antes siquiera de que empiece, o hacer daño a su mujer, yo solo...

–Has esperado tres meses para venir a buscar a Rafe. ¿Por qué no puede esperar un par de semanas más?

–Porque... porque no puedo. Ya que debes saberlo, estoy prácticamente en la ruina, ¿de acuerdo? –le espetó a la defensiva–. Los bebés tienen muchos gastos y no he podido trabajar como debía, y... estoy en la ruina –repitió con la voz rota.

Michael sintió cómo se le relajaba un poco la tensión de los hombros.

–Yo te sugiero que dejes que me preocupe yo de eso por ahora. ¿Te importaría esperar aquí unos minutos? Tengo que darle unas instrucciones a mi secretaria antes de irnos –se acercó a la puerta.

–¿Cómo que... antes de irnos? –Eva tardó unos segundos en recuperarse. Una cosa era acceder a no hablar con Rafe D'Angelo hasta que volviera de luna de miel y otra aceptar cualquier tipo de ayuda de su arrogante hermano–. El único lugar al que voy a ir es a la pensión para poder dar de comer a los gemelos y luego llamar a la aerolínea para ver si puedo cambiar el vuelo e irme antes.

–Estás en lo cierto al pensar que vamos a la pensión –Michael asintió con brevedad.

Eva lo miró con recelo en silencio desde el otro lado del despacho.

–No *vamos* a ir a ninguna parte. Al menos juntos.

–Claro que sí, Eva –afirmó él con un tono que no dejaba lugar a dudas.

Tal vez su asistente y su secretaria no rechistaran ante sus órdenes, pero Eva no era uno de los empleados de Michael D'Angelo. No tenía ninguna intención de dejarse mandar por aquel hombre tan dominante.

–No, claro que no –respondió ella con toda la firmeza que pudo. Volvió a cruzar el despacho para agarrar la silla–. ¿Te importaría abrirme la puerta? –le preguntó.

Michael la miró con el ceño fruncido por la frustración. ¿De verdad pensaba Eva que podía llegar, soltar aquella bomba y marcharse sin más?

Michael no podía por menos que admirar su audacia y su obstinación, tanto como había admirado su belleza hacía unos minutos. No mucha gente se atrevería a intentar desafiarle. Y también había aceptado la responsabilidad de ocuparse de los dos hijos de su hermana sin pensar en el impacto que eso produciría en su propia vida.

Estaba claro que aquella decisión había afectado a su capacidad para trabajar en una profesión de la que hablaba con adoración, y además Eva pensaba que también era la causa de que no estuviera con ningún hombre.

Michael seguía pensando que se subestimaba, pero también agradecía que no hubiera ningún hombre, porque suponía una complicación menos con la que lidiar.

Y aquella era la única razón por la que experimentaba aquella sensación de satisfacción al saber que no había ningún hombre en la vida de Eva Foster, ¿verdad?

A Michael le gustaba guardarse sus emociones, pero eso no significaba que no fuera sincero consigo mismo, y esa sinceridad le exigía admitir, al menos para sus adentros, que se sentía profundamente atraído por Eva Foster. Y aquella atracción le molestaba profundamente.

Seguramente porque en aquellos momentos estaba apretando los puños para no acariciarle la suavidad del oscuro cabello. Y mirar aquellos ojos violeta, bajar la cabeza y saborear sus carnosos labios.

También sabía que no se conformaría con probarlos, que querría más, explorar todo de Eva Foster, desde el sedoso cabello negro hasta los dedos de los pies.

Aquella atracción no solo era particularmente estúpida por su parte, dadas las actuales circunstancias, porque Eva Foster había admitido abiertamente que quería ayuda económica de Rafe para los gemelos, sino que también complicaba muchísimo lo que Michael tenía pensado hacer a continuación...

Capítulo 4

NO PUEDES hacer esto! Michael estaba sentado en la butaca, con los codos en los reposabrazos y los dedos entrelazados frente a él. Parecía completamente relajado y calmado mientras veía a Eva recorrer arriba y abajo el salón de su apartamento. Los ojos le brillaban como joyas violetas y tenía las mejillas sonrojadas por la rabia.

–Perdona que lo señale, pero dado que los gemelos están echando la siesta en uno de mis dormitorios, parece que ya lo he hecho.

Eva se detuvo y lo miró.

–¡Y pareces encantado con ello! –reconoció disgustada.

Michael se encogió de hombros.

–Sí, me gusta cuando mis planes salen bien.

–¡No puedes obligarme a quedarme aquí!

Michael lamentó que hubiera dejado de andar, porque aquello impidió que pudiera seguir mirándole el trasero.

–No recuerdo haber utilizado la fuerza –la miró entornando los ojos.

No, no lo había hecho, reconoció Eva con frustración. Tal vez porque ella no se había dado cuenta de lo que pretendía hasta que ya fue demasiado tarde y los niños y ella estaban cómodamente resguardados en el lujoso apartamento de D'Angelo, situado a escasos minutos de la galería Arcángel, bajando por los Campos Elíseos.

Pero no habían ido allí inmediatamente después de salir de la galería. No, primero Michael lo había arreglado para que su coche los llevara a ambos a la pensión en la que se alojaba con los gemelos, y mientras ella estaba ocupada dándoles de comer, Michael empezó a guardar las cosas que Eva había sacado de las maletas cuando llegó el día anterior a París.

Cuando terminó de dar de comer a los niños y les hubo cambiado, Michael estaba esperando en la puerta de la destartalada habitación con las maletas ya hechas.

Eva no fue plenamente consciente en aquel momento de cuáles eran sus intenciones, y pensó ingenuamente que Michael había decidido trasladarlos a un hotel hasta que volaran de regreso a Inglaterra.

Ni en sueños habría imaginado que tenía pensado llevar a los gemelos y a ella a su apartamento. Con él.

Ni que las instrucciones que le dio a su secretaria antes de salir de la galería fueran que comprara dos cunas con su ropa de cama para que las enviaran de inmediato a su apartamento y los gemelos pudieran dormir en ellas.

Y en cuanto al apartamento...

Eva había estado demasiado nerviosa, y luego demasiado agitada para ser plenamente consciente de la elegancia del despacho de Michael en la galería Arcángel, solo captó que era chic y lujoso.

Pero este apartamento era el colmo de la elegancia y la opulencia. Según le había dicho Michael cuando llegaron hacía unos instantes, era el apartamento de la familia D'Angelo, y lo utilizaban todos cuando estaban en París.

También era muy grande, ocupaba toda la parte superior del histórico edificio. Tenía alfombras marrones en los suelos y las paredes empapeladas en seda color crema. Había cuadros originales y elegantes espejos adornando las paredes, con un trabajo de filigrana dorada que separaba los paneles del pasillo y del salón. En cada techo colgaba una lámpara de araña de cristal. A Eva no le cupo duda de que cada pieza ornamental y cada estatua eran antigüedades de valor.

El salón estaba amueblado en estilo georgiano, en uno de los ventanales que daba a los Campos Elíseos había una elegante *chaise-longue* y varios sofás y sillas tapizados en seda rosa y crema colocados convenientemente al lado de varias mesitas de pata fina, cada una de ellas adornada con un objeto único y delicado.

Lo primero que pensó Eva al contemplar tanta elegancia fue que los gemelos, que ahora podían gatear, destrozarían la belleza de aquella estancia en cuestión de minutos. La alfombra marrón se libraría de sus dedos sucios con frecuencia de comida, pero no tenía tantas esperanzas puestas en las paredes cubiertas de seda...

Estaba claro que Michael D'Angelo no era consciente de la fuerza destructora de dos bebés de seis meses. ¿Y por qué iba a serlo? Eva dudaba mucho que tuviera contacto con bebés en su día a día. Ella tampoco había pensado en el lío que montaban hasta que tuvo que cuidar sola de los gemelos. No tardó mucho en transformar su apartamento de Londres a prueba de bebés: fundas para las sillas, y todo lo que pudiera moverse: adornos, fotos, libros, etcétera, colocado a una altura a la que ni Sophie ni Sam pudieran llegar.

Todas aquellas objeciones para alojarse allí los tres

eran independientes de las de Eva. La primera de ellas era que no quería estar en aquel apartamento con Michael D'Angelo.

Era demasiado poderoso, demasiado incómodo, demasiado masculino, demasiado *todo* para que Eva se planteara siquiera compartir apartamento con él aunque fuera durante unos días.

El dormitorio que Michael le había asignado estaba más allá de todo lo que Eva podía imaginar. La decoración era en tonos dorados y crema, los muebles blancos, cortinas y colchas doradas sobre la cama blanca con dosel, alfombras doradas, el techo pintado con querubines y ángeles. Era el no va más en lujo.

Eva sacudió la cabeza.

—Nos iremos en cuanto se despierten los gemelos —no debería haber permitido que Michael la convenciera para que se echaran la siesta. Y no lo habría hecho si los gemelos no se hubieran puesto de tan mal humor por el sueño cuando llegaron al apartamento de D'Angelo después de comer.

Michael arqueó sus oscuras cejas.

—¿Y dónde vais a ir exactamente?

Ella entornó los ojos.

—A un hotel, a otra pensión, a cualquier sitio que no sea este.

—Creí que habías dicho que no te quedaba mucho dinero.

Eva apretó los labios.

—¿Sabes qué? Si no me cayeras ya fatal, tu actitud petulante haría que así fuera.

Michael la miró con expresión burlona.

—¿No crees que nos conocemos todavía muy poco para que te caiga tan mal como afirmas?

–Te aseguro que con estar un rato a tu lado ya es bastante –le espetó ella.

Cuanta menos relación tuviera con Michael D'Angelo en el futuro, mejor.

Y no porque le cayera fatal, sino más bien por todo lo contrario...

Eva no había compartido apartamento con nadie desde sus días universitarios, y la idea de quedarse ahora allí, día y noche, con un hombre tan físicamente carismático como Michael D'Angelo, la hacía sentir incómoda.

No es que hubiera pensado ni por un instante que Michael se pudiera sentir atraído hacia ella; solo pensaba que no era buena idea estar a solas con él allí. Como mínimo, se arriesgaba a hacer el ridículo si Michael llegaba a darse cuenta de que se sentía atraída hacia él.

Tampoco entendía muy bien por qué insistía en que los gemelos y ella se quedaran allí.

–No tengo ni idea de por qué sonríes –murmuró irritada, molesta consigo misma tanto como con Michael. Por haberse fijado en que resultaba todavía más atractivo al sonreír. Los oscuros ojos se le transformaban en chocolate cálido cuando sonreía.

Michael tampoco entendía por qué estaba sonriendo. La risa no era una parte predominante de su forma de ser la mayoría de las veces, y menos cuando estaba en compañía de una mujer hermosa. Pero Eva, con su incapacidad para contenerse verbalmente, tenía la habilidad de divertirle.

Incluso cuando le estaba diciendo que le caía fatal...

Su buen humor desapareció tan rápidamente como había aparecido.

–Yo tampoco –reconoció con frialdad–. Pero ya

que has accedido a no hablar con Rafe hasta que regrese de su luna de miel, me siento mejor si los gemelos y tú os quedáis aquí.

–Contigo.

–Conmigo –le confirmó él con tono pausado.

A Eva se le sonrojaron las mejillas.

–No me parece apropiado.

Michael la observó con curiosidad y se fijó en su sonrojo y en el modo en que le esquivaba la mirada.

–No estaba sugiriendo que compartamos dormitorio, Eva, solo el apartamento –murmuró finalmente.

Ella pareció todavía más agitada.

–No he pensado ni por un momento que... ¡no seas ridículo! –le acusó nerviosa.

El pronunciado sonrojo de sus mejillas cuando lo miró contradecía completamente su afirmación de que no había pensado en ello ni por un momento...

–¿Sí? –murmuró Michael poniéndose de pie. Una sonrisa de satisfacción le curvó los labios al ver cómo Eva daba al instante un paso atrás. Estaba claro que su cercanía le ponía nerviosa.

–Claro que sí –le espetó ella irritada.

–¿Y por qué? –Michael sabía que la mayoría de las mujeres no dudarían en aprovecharse de aquella situación.

Eva frunció el ceño con gesto impaciente.

–Para empezar, ni siquiera nos conocemos...

–Y lo que conocemos no nos gusta nada, ¿verdad? –sugirió él para ayudarla.

–Creo que el hecho de que me consideres una especie de cazafortunas que quiere quedarse con los millones de tu hermano habla por sí mismo.

–Has admitido abiertamente que querías que Rafe te diera dinero.

–¡Para los gemelos, no para mí! –se defendió Eva.

Lo cierto era que ya no tenía tan claras las motivaciones de Eva, era consciente de que su experiencia con Emma lo había llevado a aquella conclusión.

No veía en los gemelos ningún parecido con Rafe, tal vez solo el pelo oscuro, pero Eva también tenía el cabello color ébano, y era lógico dar por hecho que su hermana seguramente también. Pero eso no dejaba fuera la posibilidad de que los gemelos fueran hijos de su hermano. Eva parecía convencida de ello, y la realidad era que Rafe estuvo en París hacía quince meses...

Michael torció el gesto.

–Estoy dispuesto a concederte el beneficio de la duda. Por el momento –añadió con dureza.

–¡Qué generosidad por tu parte! –le espetó ella con sarcasmo.

–Eso pienso yo –contestó Michael.

–Pero sigue sin haber motivo para que me avergüences deliberadamente haciendo ridículos comentarios sobre compartir la cama –lo miró con aquellos increíbles ojos violeta.

–Y, sin embargo, tu sonrojo indica que no estarías completamente en contra de la idea.

Eva pareció desconcertada durante un instante y luego volvió a recuperar el brillo rebelde de sus ojos.

–Por supuesto que me he sonrojado –afirmó con impaciencia–. Lo último que hubiera esperado al venir a París habría sido que el hermano mayor de Rafe D'Angelo me hiciera proposiciones.

Michael se encogió de hombros.

–¿La idea te resultaría menos turbadora si yo no fuera el hermano mayor de Rafe?

–Yo... tú... pero lo eres –consiguió decir finalmente–.

Y por cierto, considero ofensivo tu retorcido sentido del humor.

Michael esbozó una sonrisa burlona.

—Tal vez no me conozcas desde hace mucho, Eva, pero creo que ya te has dado cuenta de que no suelo bromear nunca...

Sí, Eva lo sabía, se había dado cuenta desde el principio que Michael D'Angelo era demasiado serio, y por eso le costó trabajo imaginárselo con la alocada Rachel. Y no se había equivocado.

Pero si Michael no solía bromear, ¿significaba que ahora estaba hablando en serio?

Por supuesto que no. Eva se reprendió al instante a sí misma por su ingenuidad. Michael D'Angelo solo se estaba divirtiendo haciéndola sentir incómoda. Y la tonta era ella por permitírselo.

Aspiró el aire por las fosas nasales.

—Si decidiera aceptar tu oferta y quedarme aquí contigo hasta que tu hermano vuelva de su luna de miel, puedes estar bien seguro de que ocuparíamos habitaciones separadas.

—Si cambias de opinión, házmelo saber —murmuró Michael con ironía.

Eva le escudriñó el rostro con la mirada, el estómago le dio un vuelco y sentía palpitaciones en el pecho. No fue capaz de apartar la mirada de sus ojos negros como el azabache.

—¿Por qué estás haciendo esto?

Michael alzó una ceja.

—Tal vez porque no soy contrario a la idea de compartir cama contigo.

Tal vez no, pero Eva se dio cuenta de que no parecía entusiasmado con la idea si ese fuera el caso.

Michael torció el gesto al verla fruncir el ceño.

–Soy demasiado mayor y demasiado cínico para jugar a adivinanzas con una mujer, Eva...

–¿Qué edad tienes? –le preguntó ella al instante.

Michael esbozó otra sonrisa, sin duda debido a la incongruencia de su pregunta. ¿Qué importaba la edad que tuviera si Eva no tenía intención ninguna de tener una relación con él?

–Treinta y cinco –le respondió–. ¿Demasiado mayor para ti?

–Solo era curiosidad, yo... –se interrumpió al escuchar el llanto de uno de los gemelos, seguido por el del otro.

–Bebés *interruptus* –murmuró Michael–. Ya seguiremos con esta conversación, ¿te parece?

–No, no me parece –afirmó ella con rotundidad dándose la vuelta y saliendo del salón para ir a ver a los gemelos.

Sería más correcto decir que había salido corriendo, reconoció Eva a regañadientes mientras tomaba a los dos bebés en brazos para calmar su llanto.

Tal vez Michael hubiera empezado burlándose de ella, pero el aire que ambos respiraban se había cargado de tensión física hacía unos minutos.

Una tensión física que podría implicar que Michael se sentiría atraído hacia ella bajo todo aquel cinismo...

A pesar del repentino tono íntimo de la conversación, a Eva le costaba trabajo creerlo.

No solo se trataba de que Michael D'Angelo fuera un hombre arrogante y mandón, también estaba el hecho de que no confiaba en ella y de que estaba completamente fuera de su alcance, y no se refería únicamente a su inmensa riqueza.

Tenía diez años más que ella, y era un hombre sofisticado y de mundo, y aunque Eva se sabía capaz de estar a gusto en cualquier ambiente social, desde luego no jugaba a ir de cama en cama como mucha gente. Gente como Michael D'Angelo...

No era una mojigata ni tampoco virgen, había tenido una relación de un año dos años atrás, antes de que ambos decidieran amigablemente que sus mutuos trabajos hacían imposible la relación. Eva pasaba demasiado tiempo fuera por encargos fotográficos y él era contable. Finalmente terminaron rompiendo.

Eva no había vuelto a tener ninguna relación seria desde entonces, de hecho no había vuelto a salir con nadie desde que empezó a ocuparse de los gemelos. No creía que Michael D'Angelo, un hombre que sin duda tenía problemas para confiar en las mujeres, fuera tampoco una buena opción para tener una aventura.

Era más que guapo, pero también era demasiado dominante, demasiado intenso, demasiado frío. Y lo más importante de todo, era el hermano de Rafe D'Angelo.

Y, sin embargo, se sentía atraída por él, reconoció Eva sintiendo cómo se le caía el alma a los pies. Tal vez en parte porque era dominante, intenso y frío... había algo de satisfacción en pensar que un hombre tan contenido pudiera encontrarla atractiva.

En preguntarse qué clase de amante sería...

A pesar de lo que había pensado con anterioridad, ¿dejaría a un lado Michael aquella frialdad cuando le hiciera el amor a una mujer? ¿Qué se sentiría al tener la libertad de tocar y acariciar los músculos de su cuerpo, sentir sus largas y elegantes manos en los senos, en los muslos, que sus labios la exploraran...?

–¿Va todo bien?

Eva se dio la vuelta sintiéndose culpable. Se le tiñeron las mejillas de rojo al ver a Michael en el umbral del dormitorio, el hombre que acababa de ser el centro de su fantasía erótica.

–¿Eva? –Michael alzó una ceja en gesto interrogante al ver sin duda el color de sus mejillas.

–Sí, todo va bien –le espetó ella irritada.

Michael escudriñó el rostro con los ojos entornados durante varios segundos antes de asentir con brusquedad.

–Voy a cambiarme, a ponerme ropa más cómoda, y luego podemos pensar en nuestra comida.

Eva lo miró sorprendida.

–¿Qué pasa con nuestra comida?

–Tenemos que decidir si comer fuera o aquí –afirmó Michael–. ¿Has visto mucho París desde que llegaste?

Ella compuso una mueca.

–El interior de la pensión y lo que he visto de camino a tu galería esta mañana.

Aquello era exactamente lo que Michael pensó que iba a decir.

–Entonces comeremos fuera. ¿Puedes reunir lo que los gemelos necesiten mientras yo me cambio?

Ella sacudió lentamente la cabeza.

–No espero que me entretengas.

–Creí que estábamos de acuerdo en dejar esa conversación para más tarde... –Michael sonrió satisfecho al ver cómo se le volvían a sonrojar las mejillas.

–¡Sabes que no lo decía en ese sentido! –le lanzó una mirada irritada.

Por supuesto que Michael lo sabía. Solo le gustaba ver a Eva sonrojarse. Igual que le gustaba la idea de saber que su broma había provocado aquel sonrojo.

Lo que resultaba extraño, porque normalmente no jugaba ni bromeaba con las mujeres. Siempre prefería un acercamiento más directo.

Y Eva Foster no era distinta en aquel sentido, se recordó con impaciencia, la única diferencia era que el dinero que buscaba era el de Rafe.

Se le pasó el buen humor.

–No tengo ninguna intención de entretenerte –le espetó abruptamente–. Los dos tenemos que alimentarnos, yo no cocino y aquí no hay asistenta, así que lo lógico es que salgamos a comer fuera.

Eva tuvo la impresión de que la lógica era una parte importante de la personalidad de Michael. Que prefería la fría calma práctica a cualquier forma de espontaneidad. Lo que no entendía era cómo casaba su conversación anterior con aquella fría lógica.

Aunque la mención de que allí no había asistenta confirmaba que, aparte de los gemelos, estarían los dos solos en su apartamento...

–Los cuatro –le corrigió ella–. Y creo que pronto descubrirás que comer fuera con dos bebés no es tan fácil como parece –añadió.

Michael dirigió su oscura mirada a los dos bebés tranquilos y contentos que Eva tenía ahora en brazos.

–En este momento parecen felices

Eva sonrió para sus adentros. Michael no sabía nada.

–Traté de advertirte –Eva le lanzó una mirada divertida a Michael cuando salieron del elegante restaurante situado a la orilla del Sena, donde habían decidido entrar a comer.

Era un Michael mucho menos limpio del que salió del apartamento dos horas atrás. El zumo de naranja era ahora visible en la parte delantera de su camisa azul, los pantalones de tela negra estaban mojados por el vaso de agua que Sam había derramado, y algo arrugado por haber tenido a Sophie en las rodillas la mayor parte de la comida.

Si Michael había pensado que Sophie y Sam se sentarían tranquilos en la silla y jugarían felices con los dedos de los pies mientras ellos comían, entonces aquello había sido un rudo despertar. Los niños habían pedido brazos en cuanto se sentaron a la mesa. Eva sabía por experiencia que era mejor para todos, especialmente para las personas que querían comer en paz, que los agarrara en lugar de tratar de razonar con ellos. Como Michael hizo en un principio. Pero aprendió muy rápido que los bebés de seis meses no habían desarrollado todavía la capacidad de razonar.

Habían sido un par de horas difíciles.

También para Michael, quien parecía completamente perdido sobre cómo entretener a Sophie y comer al mismo tiempo con la mano libre. Aquella era una habilidad que Eva había perfeccionado en los últimos tres meses, ya que siempre tenía a un gemelo en la rodilla, cuando no a los dos, cuando quería comer.

–Si insistes en que sigamos en tu apartamento, entonces tal vez deberíamos comprar comida y comer allí en el futuro –sugirió de buen humor mientras empujaba la silla por la ribera del río al lado de Michael. La majestuosidad de la Torre Eiffel resultaba visible desde el otro lado.

Era una vista que a Eva le hubiera encantado pararse a fotografiar, si no fuera porque tenía al silencioso y malhumorado Michael D'Angelo al lado.

Él le dirigió una mirada irritada.

–No estoy dispuesto a permitir que un bebé de seis meses, ni siquiera dos, me digan cuándo y dónde puedo comer.

–¿No?

–¡No!

Eva se rio entre dientes ante su determinación.

–¿Ni aunque sea más fácil así?

Michael apretó los labios.

–Que sea más fácil no lo hace aceptable.

Eva imaginó que aquel hombre tan controlado y serio no tendría por costumbre tomar la salida fácil en nada que hiciera. Y seguramente aquella sería la razón, la única razón, por la que había insistido en que los gemelos y ella se quedaran en su apartamento.

Eva había estado pensando mucho en ello durante la comida.

Quedaba claro que Michael no estaba convencido de que Rafe fuera el padre de los gemelos. Pero tenía sus dudas, y por eso estaba dispuesto a aceptar aquel trastorno en su propia vida para tenerles donde pudiera verlos y oírlos hasta poder aclarar las cosas cuando Rafe volviera de su luna de miel.

Porque Eva se había dado cuenta de que Michael no tenía intención de permitir que repitiera su afirmación sobre la paternidad de los gemelos delante de nadie más.

Sí, había aceptado que aquel era el peor momento para Rafe D'Angelo. No quería destrozar un matrimonio, ni siquiera el del responsable de la paternidad de los gemelos. Incluso entendía los motivos de Michael para mantenerla vigilada. Pero eso no significaba que le gustara.

Por eso Eva se había divertido bastante al ver la incomodidad de Michael durante la comida. Para ella era una molestia que insistiera en obligarla a quedarse en París; le parecía justo que él sufriera también aquella inconveniencia.

Y tras haber cuidado de los gemelos a tiempo completo durante los últimos tres meses, Eva sabía que aquello solo era el principio de la inconveniencia.

Con suerte, dentro de unos días Michael les estaría rogando a los tres que se marcharan de París...

Capítulo 5

ES ASÍ todas las noches?

–¿Así cómo? –Eva estaba ordenando cuando Michael apareció en la puerta del salón varias horas más tarde. Apretó los labios para no sonreír al ver su gesto de disgusto cuando le mostró la mancha húmeda de la tercera camisa que se había puesto aquel día–. Tal vez deberías ir a cambiarte –le sugirió conteniendo una mueca.

–Lo voy a hacer, pero antes necesito un whisky. Deja de ordenar, luego te ayudaré yo –le pidió él acercándose al mueble bar–. ¿Te apetece una copa? –alzó la botella.

¿Por qué no?

–Con mucha agua, por favor –aceptó Eva poniéndose cómoda en el sofá–. Parece que a Sophie le gustas.

Hasta el extremo de que su sobrina había gritado de alegría cuando Michael apareció en la puerta a la hora del baño. Sophie le sonrió encantada y alzó los brazos para que la sacara de la bañera. Algo a lo que ni siquiera el contenido Michael pudo mostrarse inmune. Ayudó a ponerle el pijama a Sophie antes de acostar a los dos bebés en la cuna para dormir.

–¿Y tú llevas haciendo esto tres meses sola? –Michael le tendió la copa antes de dejarse caer agradecido en una de las butacas.

Le sorprendió darse cuenta de lo cansado que estaba; nunca pensó que los bebés dieran tanto trabajo.

Para empezar, había aprendido que resultaba muy peligroso apartar los ojos de un bebé que gateaba, aunque fuera solo unos segundos. Así lo había demostrado Sam cuando fue a investigar la lámpara de pie veneciana y estuvo a punto de tirársela encima. Y Sophie estaba en todas partes, había que estar evitando constantemente que pasara de un desastre a otro mientras exploraba el salón al detalle.

Michael miró a su alrededor, demasiado cansado para que le importara que ya no estuviera tan limpio y ordenado como cuando salieron por la mañana. Parecía que hubieran pasado por ahí dos mini tornados.

–Ahora mismo termino de ordenarlo –prometió Eva al ver su mueca de disgusto.

–Ya te he dicho que lo haremos luego –dijo él–. ¿Siempre es tan frenético cuidar de los bebés?

Eva sonrió.

–Hoy ha sido un buen día.

Michael frunció el ceño al recordar el caos del restaurante, la constante necesidad de apartar los deditos del peligro desde que regresaron al apartamento, de calmar a los gemelos para que merendaran, los chapoteos y los gritos de la hora del baño antes de dejar a los bebés acostados en la cuna.

Sacudió la cabeza.

–¿Cómo te las has arreglado tú sola todos estos meses? –la velada había sido tan caótica que había empezado a cuestionarse seriamente su afirmación de que Eva Foster era una cazafortunas. Ninguna mujer estaría dispuesta a pasar por tres meses así si no quisiera con toda su alma a los gemelos.

Eva se quitó los zapatos antes de sentarse sobre las piernas en el sofá.

–Por si no te acuerdas, no tenía opción.

No, no la tenía, reconoció Michael. Sin padres, con su hermana también fallecida y sin ayuda del padre de los gemelos, solo estaba ella para cuidar de sus sobrinos. Michael estaba agotado tras haber pasado solo unas horas con ellos, y él no era el cuidador principal, solo ayudaba ocasionalmente cuando Eva no tenía manos suficientes para ocuparse de los dos a la vez.

¿Cómo se las habría arreglado Michael en las mismas circunstancias?

Para él era distinto, por supuesto. Podía permitirse contratar una niñera para los gemelos, dos si fuera necesario. Por su parte, Eva no solo había perdido a su querida hermana tres meses atrás, sino que también se había quedado sola al cuidado de los gemelos, y estaba claro que no tenía dinero para contratar a una niñera, y mucho menos a dos. Tampoco tenía dinero suficiente para canguros mientras continuaba con su trabajo. Fuera el que fuera...

Y toda aquella tensión le había pasado factura, pensó al mirar donde estaba ahora Eva sentada con la cabeza apoyada en el sofá. Tenía los ojos cerrados, la melena ébano le caía sobre los cojines color crema.

Tenía ojeras muy marcadas bajo los párpados cerrados, las mejillas pálidas. Se le marcaban las líneas del rostro, tenía la piel tirante, como si hubiera perdido peso recientemente. También la ropa que se había puesto tras acostar a los bebés, camiseta limón pálido y vaqueros negros, parecía quedarle un poco grande.

Si Eva fuera en realidad una cazafortunas, sin duda habría buscado mucho antes al padre de los gemelos, ya fuera Rafe u otro hombre. No habría pasado por la tesitura de tantos meses infernales tratando de lidiar ella sola con los hijos de su hermana.

Aquello era injusto. Eva no solo había «tratado de lidiar»; lo había hecho con gran éxito.

Hasta que la situación la había superado. Y fue entonces cuando decidió buscar la ayuda del padre de los gemelos.

Ella aseguraba que se trataba de su hermano Rafe.

A Michael todavía le costaba trabajo creerlo.

¿Porque no quería creerlo, porque eso provocaría muchas complicaciones en la vida de Rafe, en la vida de todos?

Ya no sabía qué creer.

Pero sabía que Eva lo creía.

Igual que sabía por el modo en que se le había relajado el cuerpo y porque la copa estaba a punto de resbalarse entre sus dedos que Eva se había dormido.

Michael se puso de pie rápidamente y se la quitó de la mano antes de que cayera a la alfombra y la despertara. La dejó con cuidado en la mesita auxiliar antes de moverse en silencio por el salón apagando las luces. Dejó solo la lámpara veneciana de la esquina para que proyectara un cálido brillo verde en la estancia.

Era el momento perfecto para irse a su dormitorio y quitarse la camisa mojada. Pero se detuvo al lado de Eva durante unos segundos antes de hacerlo. La miró con el ceño fruncido. Parecía muy joven y vulnerable sin aquel orgullo salvaje brillándole en los ojos color violeta y sin el furioso sonrojo de las mejillas, la determinación de la barbilla y la línea firme de la boca.

Eva había dicho por la mañana que tenía veintipocos años. Y ya cargaba con dos niños pequeños que ni siquiera eran suyos, aunque Michael pensó ahora que tal vez le había molestado que hiciera referencia a la custodia de los gemelos que sin duda adoraba.

Al parecer le habían molestado muchas cosas que le había dicho a lo largo del día.

Su vida anteriormente ordenada era ahora un caos, no había trabajado en todo el día y tenía el apartamento invadido por tres intrusos.

Porque hasta que no hablara con Rafe, Michael no se atrevía a hacer nada más que asegurarse de que aquella joven estuviera donde pudiera verla. Por muy inconveniente e incómodo que le resultara a él.

Y todo ello sin contar con que Michael se sentía tremendamente atraído hacia ella, excitado físicamente, tanto que sabía que contar con la presencia de Eva en su apartamento durante un tiempo iba a poner en peligro su autocontrol.

Era luz para su oscuridad. Suavidad para su dureza. Calor para su frialdad. Risa para su amargura.

En una palabra, Eva Foster era peligrosa.

Eva se despertó despacio, momentáneamente desorientada cuando se estiró antes de abrir los ojos para mirar la elegante y desconocida habitación. Tardó varios segundos en recordar dónde estaba y por qué. Y con quién.

Michael D'Angelo.

Con sus casi dos metros de peligro oscuro y perturbador.

Y eso la llevó a preguntarse, ¿dónde estaba?

Un segundo después se dio cuenta de que se había dormido sin encender el monitor para bebés que le permitiría oír llorar a los gemelos si la necesitaban.

Eva puso rápidamente los pies en el suelo antes de sentarse bruscamente. Se había mareado un poco.

—Relájate, Eva, los niños están bien.

Ella se giró tan deprisa hacia la voz que le dio un tirón en el tenso cuello. Se llevó una mano para calmar el dolor mientras miraba hacia el umbral de la puerta con el ceño fruncido. Michael D'Angelo, que al parecer se acababa de dar una ducha, llevaba una camiseta negra ajustada sobre el musculoso pecho y el abdomen plano y unos vaqueros desteñidos.

Tenía un aspecto diferente con ropa informal. Más... peligroso. Sexy. Tanto que Eva sintió cómo se le aceleraba el pulso al mirarlo.

—No tendrías que haberme dejado dormir —le acusó poniéndose a la defensiva. Una mirada al reloj le confirmó que eran casi las nueve.

—Estabas cansada —Michael entornó los ojos, no por la agresividad de su tono de voz, sino porque se preguntó qué habría causado aquel sonrojo que de pronto coloreaba las pálidas mejillas de Eva—. La cena llegará en unos minutos.

Ella se apartó un mechón de cabello oscuro.

—¿Pizza?

Michael esbozó una sonrisa.

—Una comida de cuatro platos y el vino apropiado, todo de André's.

Eva alzó las cejas, sin duda había reconocido el nombre de uno de los restaurantes más exclusivos de París.

—La gente normal suele pedir pizza.

—Me considero una persona normal, Eva. Pero me gusta la buena comida —Michael se encogió de hombros en gesto exculpatorio—. También pensé que los dos nos merecíamos algo más que un tentempié para cenar, teniendo en cuenta que la comida ha sido un desastre.

—No, si no me quejo —aseguró ella—. Y odio tener que decirte esto, pero la comida fue un ejemplo típico de comida con los gemelos.

Michael ya había adivinado que la delgadez de Eva era una clara indicación de que necesitaba hacer una comida sin interrupciones y cocinada por otra persona, y esa era una de las razones por las que había decidido encargar la comida en André's.

Aunque no estaba muy seguro de que fuera buena idea que los dos cenaran solos en la intimidad del comedor...

—He pensado que cenemos en la cocina —soltó de pronto.

—Me parece bien —Eva asintió poniéndose de pie y estirando las piernas—. No recuerdo cuándo fue la última vez que dormí tan profundamente.

Michael encogió los anchos hombros.

—Está claro que lo necesitabas.

Sí, lo necesitaba. Había estado constantemente al lado de su hermana durante los últimos siete meses de vida de Rachel, y los últimos tres los había pasado durmiendo con el oído aguzado por si los gemelos la necesitaban.

A Eva no le cabía la menor duda de que había dormido tan profundamente la siesta porque sabía por instinto que podía confiar en que Michael D'Angelo se ocuparía de cualquier urgencia que pudiera surgir mientras ella dormía.

Exudaba una confianza en sí mismo que parecía innata, reconoció mientras lo miraba ahora. Y también un aire de competencia.

Del mismo modo que exudaba un aura sexual inherente que a ella le impediría relajarse nunca completamente en su compañía...

El hecho de que Michael pareciera ajeno al impacto de su atractivo sexual sobre las mujeres convertía aquella atracción en algo todavía más letal.

De hecho, Eva no recordaba haberse sentido nunca tan atraída físicamente hacia un hombre como lo estaba ahora hacia el enigmático Michael D'Angelo.

Tal vez se debiera a que todavía tenía el pelo húmedo y revuelto tras la ducha, y a la informalidad de la camiseta ajustada y los vaqueros. En cualquier caso, aquella atracción resultaba completamente inadecuada dadas las circunstancias.

–Creo que...

–Voy a...

Eva se sonrojó ligeramente cuando miró a Michael con gesto interrogante.

–Voy a la cocina a sacar los vasos y los cubiertos –concluyó él.

Eva asintió.

–Y yo iré a ver cómo están los gemelos y luego terminaré de ordenar esto –no le llevaría más de unos minutos; el desastre que los gemelos dejaban a su paso siempre parecía peor de lo que era.

Michael torció el gesto.

–Lo habría hecho yo, pero no quise despertarte.

Ella sonrió.

–Gracias.

Michael se quedó mirando a Eva durante largos segundos. Estaba algo hipnotizado por su reluciente sonrisa; sus ojos tenían ahora un cálido brillo violeta, las mejillas ligeramente sonrojadas.

Cuando no tenía expresión furiosa o agobiada, Eva Foster era realmente una mujer muy bella.

Maldición, seguía siendo bella aunque estuviera furiosa o agobiada.

Y aquel era solo el primer día de aquella pesadilla que se había impuesto a sí mismo...

El primer día dio paso al segundo, y luego al tercero, y cada día que pasaba, la atracción que Michael sentía por Eva fue profundizando hasta llegar al punto que más de una vez quiso tomarla entre sus brazos y besarla. Solo podía sentir admiración por la generosidad con la que se había entregado al cuidado de los gemelos de su hermana.

Michael se pasaba el día en la galería, pero Eva y los gemelos le estaban esperando en su apartamento cuando regresaba cada noche, y los dos habían adquirido la rutina de dar de cenar y bañar a los gemelos juntos antes de que Michael pidiera la cena a alguno de los exclusivos restaurantes que solía frecuentar.

Charlaban mientras cenaban juntos, intercambiaban opiniones, pero por consentimiento tácito, ninguno de los dos hablaba de Rafe ni de lo que ocurriría cuando su hermano regresara de la luna de miel.

Era algo... doméstico. Agradable, de hecho, y eso que Michael siempre pensó que ese tipo de mundo no era para él.

En cuanto a Eva...

Cada minuto, cada hora que pasaba en su compañía aumentaba la atracción que sentía hacia ella hasta el punto de que había empezado a darse duchas frías antes de acostarse para resistir el deseo que le impulsaba a recorrer la escasa distancia que separaba sus dos dormitorios.

La tercera noche de estancia de Eva, Michael supo

que su rígido control corría serio peligro. Tanto que ya no estaba seguro de que las duchas frías sirvieran de algo.

–Otra cena deliciosa –Eva le dirigió una sonrisa saciada.

Michael estaba sentado frente a ella en la mesa de la cocina mirándola fijamente mientras Eva se terminaba la *mousse* de limón que había pedido de postre.

Para su sorpresa, los dos últimos días habían sido más relajados de lo que nunca pensó dadas las circunstancias. Pasaba los días haciendo turismo con los gemelos y las noches cenando cosas deliciosas con Michael.

Y se había dado cuenta de que disfrutaba tanto de su compañía como de la comida.

Había resultado ser un hombre inteligente y provocador cuando discutían sobre sus diferentes puntos de vista en muchos temas, desde la educación hasta el calentamiento global. Y también hablaban de arte. En todas sus formas. Algo que a Eva le encantaba; hacía demasiado tiempo que no se sentaba con otro adulto para disfrutar de una conversación inteligente, y menos sobre sus temas favoritos.

Michael la miró ahora con gesto interrogante.

–Todavía no me has contado por qué has viajado tanto.

Ella esbozó una sonrisa melancólica.

–Era parte de mi trabajo. Era fotógrafa –se explicó–. Bueno... supongo que lo sigo siendo. En cierto modo –añadió con una mueca–. Pero he dado un paso atrás y ahora solo hago bautizos y bodas de forma ocasional.

Michael sacudió lentamente la cabeza.

–¿Y qué solías fotografiar?

–Oh, un poco de todo –Eva se encogió de hombros, no quería hablar de lo que solía hacer.

Porque le resultaba demasiado doloroso.

Por mucho que quisiera a los gemelos, no podía evitar sentir una punzada de tristeza por la carrera profesional que había dejado aparcada. Se consolaba pensando que no sería para siempre. Los gemelos crecerían, irían al colegio, y tal vez entonces podría retomarla, al menos en parte.

Mientras tanto, estar con los gemelos significaba tener todavía una parte de su hermana. Poder disfrutar viéndolos crecer y hablarles cuando crecieran un poco de la madre que tanto les había querido. Tanto como para estar dispuesta a morir para darles la vida...

Michael la miró fijamente al darse cuenta de que se le habían llenado los ojos de lágrimas.

–¿Por qué no quieres hablar de tu trabajo, Eva?

Ella se encogió de hombros.

–No encuentro sentido a hablar del pasado, eso es todo.

No, no era todo, reconoció Michael con astucia. Su negativa a hablar ahora de ello indicaba que era algo que adoraba hacer.

Algo a lo que había tenido que renunciar para ocuparse primero de su hermana y luego de los gemelos.

–Pero, ¿y si a mí me interesa? –le preguntó con tono suave.

–Pues lo siento –respondió ella con impaciencia.

Se puso de pie y empezó a recoger los platos de la cena para llevarlos a la encimera.

Michael se giró en la silla para poder seguir mirándola y observar la ligereza de su cuerpo al cargar el lavaplatos mientras se preguntaba cómo era posible que aquella mujer le fascinara tanto muy a su pesar.

Aquellos últimos días habían sido diferentes a todo lo que conocía, y no solo porque los gemelos hubieran irrumpido en su vida. No, la razón principal era Eva y el interés que sentía por ella.

Quería a su familia, le encantaba trabajar en las galerías, pero las mujeres que entraban y salían brevemente de su vida nunca llegaban a conocer al verdadero Michael. Seguramente porque escogía aquellas mujeres por sus atributos sociales y físicos y que a su vez elegían estar con él, aunque fuera brevemente, porque era uno de los ricos e influyentes hermanos D'Angelo. Con su metro cincuenta de altura, la delgada figura y los firmes senos, Eva Foster no se parecía en nada a las sofisticadas mujeres con las que solía salir.

Por su parte, Eva había dejado claro desde el principio que no le importaba que fuera ni rico ni influyente.

Como resultado, aquellos últimos días habían sido los primeros en los que Michael había sentido que podía hablar franca y sinceramente con una mujer guapa y deseable.

Y no quería que eso cambiara.

—Tal vez si tú... ¡espera un momento! —Michael se echó hacia delante con gesto de alerta cuando se le pasó de pronto una idea por la cabeza. Una idea que seguramente se le tendría que haber ocurrido antes—. ¡Eva Foster! —murmuró lentamente—. ¿Es posible que seas la fotógrafa E.J. Foster?

Eva parpadeó y se incorporó del lavaplatos. Tenía los hombros tensos y estaba a la defensiva.

—¿Qué sabes tú de E.J. Foster? —le espetó mirándolo con recelo.

—Soy el director y el dueño de tres galerías de arte, Eva —le recordó Michael—. Y considero que las fotos de E.J. Foster son puro arte.

–¿De verdad?

Un sonrojo le coloreó las mejillas. Estaba claro que ella era E.J. Foster.

–Sí.

Eva no pudo evitar sentir un gran placer al escuchar el halago de Michael a su trabajo. Después de todo, se trataba de uno de los hermanos D'Angelo, dueño de las prestigiosas galerías Arcángel, un experto respetado en el mundo del arte.

Michael se puso repentinamente de pie.

–Ven conmigo –le tendió la mano.

Eva seguía estando recelosa. Y siguió estándolo cuando tomó su mano firme y grande. Michael la sacó de la cocina y la guio por el pasillo en dirección a los dormitorios.

A su propio dormitorio, según supo Eva cuando abrió la puerta del final del pasillo y encendió una luz, iluminando dos cuadros que había en la pared de enfrente. Aparte de eso, la habitación seguía a oscuras.

Sin embargo, Eva pudo ver que la decoración estaba basada en tonos marrones y cremas, la alfombra era chocolate oscuro, las cortinas de las ventanas de brocado crema, la cama de caoba oscuro con colcha del mismo brocado crema.

Pero la prueba de que aquella era la habitación de Michael estaba en el traje que llevaba puesto antes y que ahora estaba colocado sobre la silla de caoba.

–No sé qué tienes en mente, pero creo que debo advertirte de que no... ¿qué haces? –protestó cuando Michael le soltó la mano para agarrarla de los brazos y hacerla entrar en el dormitorio.

–¡Mira! –Michael se quedó detrás de ella sosteniéndola suavemente de los brazos mientras la situaba frente a uno de los cuadros iluminados en la pared.

Pero no se trataba de ningún cuadro.

Allí, en la pared del dormitorio de Michael D'Angelo, había una fotografía de edición limitada grande y enmarcada. Una fotografía que Eva reconoció al instante. Porque la había tomado ella.

Capítulo 6

EN PRIMER plano de la foto había una joven africana con su bebé atado a la espalda con una ancha tela de colores. Encima y detrás de ella, con la silueta recortada por el sol del atardecer, había una leona tumbada sobre una roca con su cachorro a los pies. En la pequeña placa de oro que había en la base se leía: *Armonía*.

Eva parpadeó para contener las lágrimas. La fotografía le trajo recuerdos de la última tarde de su estancia en África. Había pasado más de una semana en el campamento de la tribu, escuchando sus historias, y había tomado docenas de fotos. Pero aquella fotografía en particular la tomó la última tarde que estuvo allí, y tenía un significado especial para ella.

Representaba la armonía del hombre con la Naturaleza conviviendo juntos, respetando el derecho del otro a estar allí.

–Hay algo más en esta foto, ¿verdad? –preguntó Michael en voz baja. Aquella imagen le afectaba emocionalmente.

Ella lo miró fijamente.

–¿Cómo lo has sabido?

Michael encogió sus anchos hombros.

–Sencillamente, lo sé.

A Eva se le humedecieron los ojos al girarse asintiendo hacia la fotografía.

–La madre había perdido a su hijo mayor cuando aquella misma leona atacó la aldea unas semanas antes –dijo en voz baja, como había hecho Michael, como si temieran molestar a la madre o a la leona hablando demasiado alto–. Los hombres de la aldea siguieron la pista de la leona y no le hicieron daño, pero mataron a uno de sus dos cachorros. Lo vieron como algo justo, al tener que alimentar solo a uno de sus cachorros, no se vería en la necesidad de atacar la aldea una segunda vez.

Eva sacudió la cabeza.

–Hablé con la madre durante horas, y aunque sufría profundamente por la pérdida de su hijo, no guardaba rencor a la leona por querer alimentar a sus propios hijos. Y como puedes ver, tampoco tenía ningún miedo. Había aceptado el equilibrio, la... la...

–La armonía –murmuró Michael con tono admirativo.

Eva tragó saliva.

–Sí. Creo que yo no podría ser tan comprensiva con ese equilibrio de armonía si se hubiera llevado a uno de los gemelos –exhaló un breve suspiro–. ¿Cómo conseguiste la foto?

–Como todos los demás afortunados que estuvieron en la exposición de E.J. Foster en Londres hace dieciocho meses y adquirieron su propia fotografía exclusiva... la compré –afirmó Michael con satisfacción recordando cómo le había atraído esa imagen aquella noche.

Nunca imaginó que algún día llegaría a conocer a la fotógrafa en circunstancias tan extrañas.

–No estabas en la galería aquella noche, ¿verdad? –si lo hubiera estado, Michael habría hecho lo imposible para que se la presentaran.

Ella suspiró.

–No. fue... fue la noche del accidente de coche de mis padres –sacudió la cabeza–. Iban camino de la exposición cuando otro coche se saltó un semáforo en rojo y los arrolló. Los dos murieron al instante. La exposición no me pareció importante después de eso.

–Dios mío, lo siento mucho –al parecer el destino había encontrado una manera cruel de interceder para que ellos dos no se conocieran antes de ese momento.

–Aquella fue la primera y la última exposición de mi trabajo –confesó Eva con melancolía.

–¿Por qué?

Eva sonrió con tristeza y se encogió de hombros.

–La vida, y obviamente la muerte, se interpusieron en el camino.

Michael asintió.

–Tus padres, luego los gemelos y luego tu hermana.

–Sí.

–Dijiste que estabas fuera del país cuando Rachel supo que estaba embarazada, ¿verdad?

–En el Tíbet –confirmó Eva.

–¿Haciendo fotos para otra exposición?

–Sí.

–Una exposición que nunca llegó a hacerse.

–No –Eva todavía tenía las fotos en la cámara, pero no había tenido tiempo ni ganas para hacer nada con ellas desde que volvió a Inglaterra.

Y ahora le resultaba extraño y muy incómodo que Michael D'Angelo tuviera una de sus primeras fotografías colgada en la pared de su dormitorio.

Como también resultaba inquietante que Michael hubiera presentido que en aquella fotografía había algo más de lo que se veía a simple vista.

Nunca hubiera esperado aquella intuición, aquella

sensibilidad en el frío hombre de negocios que había conocido en Arcángel aquella primera mañana con su traje caro hecho a medida, camisa de seda y zapatos italianos de piel.

El mismo hombre que inicialmente la había tratado con recelo y que seguía sin confiar en ella por temor a que provocara un escándalo en la familia. Tanto que había preferido que los gemelos y Eva invadieran su espacio personal en lugar de permitir que volviera a Inglaterra antes de que él tuviera oportunidad de confirmar o negar lo que ella aseguraba hablando con su hermano Rafe.

Aquel hombre frío y arrogante no había mostrado ni un ápice de la sensibilidad que Michael había revelado los últimos dos días, con la guinda del modo en que había entendido la foto.

Eva se había dado cuenta de que Michael D'Angelo era un hombre con muchas capas. Capas que, según sospechaba, se había colocado deliberadamente para protegerse a sí mismo y a sus emociones. No tenía ni idea de qué había provocado aquella reacción en él, o quién. Solo sabía que Michael permitía a muy poca gente quitarle capas para revelar al hombre sensible que había debajo.

Sin duda su familia conocía al auténtico Michael.

Y los gemelos, en su inocencia, habían reconocido instintivamente desde el principio al hombre sensible que se escondía bajo aquel barniz de fría urbanidad.

Eva hubiera preferido no haber tenido un atisbo del hombre que se ocultaba bajo aquellas capas. Porque ya estaba demasiado pendiente de Michael. Ya se sentía suficientemente atraída hacia el dueño de las galerías Arcángel cuando iba vestido con sus exquisitos trajes a medida. Pero le encontraba todavía más atrac-

tivo con las camisetas y vaqueros desteñidos que se
ponía por las noches.

–Siempre di por hecho que E.J. Foster era un hombre.

Eva se giró hacia él sorprendido.

–¿Por qué?

–No tengo ni idea –reconoció mientras seguía mirando a la fotografía en lugar de a Eva–. Tendría que
haberlo imaginado. Ahora me resulta muy obvio que
fue una mujer quien tomó esta fotografía.

La incomodidad de Eva ante su presencia en aquella habitación en penumbra, aumentó de forma expo-
nencial. En aquella parte del apartamento había mucho
silencio, y la suave luz añadía un aire de intimidad.
Una intimidad que Eva supo que necesitaba romper
desesperadamente, antes de cometer alguna estupidez.

De hecho aquel era un buen momento para que los
gemelos lloraran reclamando atención.

Pero no hubo tanta suerte. El resto del apartamento
estaba sumido en un absoluto y aterrador silencio.

Eva se movió abruptamente para mirar el segundo
cuadro iluminado. Frunció el ceño al ver un lienzo con
una única rosa roja. Una rosa mortecina, los pétalos
rojo sangre caían suavemente sobre la base del lienzo.

–Este cuadro es... –Eva se interrumpió, no tenía palabras debido a la belleza del cuadro.

–Alegórico –añadió Michael.

–Sí –asintió Eva. Supo al instante que aquel cuadro
representaba mucho más que una rosa perfecta y ago-
nizante.

Igual que sabía que la muerte de la rosa representa
cosas distintas para cada uno. Para algunos, la muerte
de las esperanzas. Para otros, sueños. Y para muchos,
el amor...

La cuestión era, ¿cuál de aquellas cosas representaba para Michael?

Era un hombre de negocios rico y exitoso, así que dudaba mucho que tuviera esperanzas y sueños sin cumplir en su vida profesional. Lo que dejaba solo su vida personal, y posiblemente la muerte del amor. O quizá de la confianza. Eso explicaría la desconfianza que había sentido hacia ella inicialmente, una desconfianza que poco a poco iba desapareciendo...

Michael seguía estando soltero. ¿Y no tenía ninguna relación? A Eva no se le había ocurrido preguntarlo. ¿Alguna vez había buscado algo más? ¿Había amado a alguien y lo había perdido, una pérdida que veía representada en aquel cuadro? Eva no podía imaginar que ninguna mujer quisiera alejarse de la intensidad de los sentimientos que ahora estaba segura que Michael podía sentir.

Así que tal vez no fuera el cuadro, sino el artista quien significaba algo para él.

—Bryn Jones —leyó el nombre escrito en la esquina inferior derecha—. He visto algunas fotos de su obra en su exposición en línea. Es una artista increíble, ¿verdad?

Y tal vez significara algo más para Michael.

—Y también es mi cuñada —le dijo él—. Bryn está casada con mi hermano menor, Gabriel —añadió cuando Eva lo miró con curiosidad.

—Ah —Eva frunció el ceño al ver que su teoría quedaba reducida a cenizas—. Es... un cuadro precioso.

Michael se rio entre dientes.

—Pero triste —reconoció—. Muy triste.

—Sí —¿qué otra cosa podía decir? Era una pintura triste. Muy triste. ¿Y también el reflejo de las emociones internas de Michael? ¿De su desilusión ante la vida y el amor? ¿Ante ambas cosas?

Eva prefería no pensar en Michael de aquel modo. Prefería mantenerle algo alejado, tanto emocional como físicamente, en lugar de entender al hombre sensible que se escondía bajo una capa exterior de fría severidad.

Una capa que Eva iba viendo desaparecer cuanto más tiempo pasaba en compañía de Michael.

–Bryn me ha contado que está pintando lo contrario, una rosa en pleno florecimiento, para su próxima exposición.

Eva arqueó las cejas.

–¿Con la esperanza de que lo compres?

–Al parecer no –Michael sacudió la cabeza–. El cuadro estará en la exposición, pero no a la venta. Bryn insiste en regalármelo. Al parecer quiere que me ayude a sentir y ver un amor como el que tienen Gabriel y ella –torció el gesto–. Es un poco raro escuchar a alguien tan encantador como Bryn hablando de mi hermano pequeño en esos términos.

Eva se dio cuenta de que Michael estaba tratando deliberadamente de desviar la conversación de lo que había dejado al descubierto su primer comentario.

Michael había amado una vez y había perdido, reconoció Eva incómoda. Tal vez hubiera sido muchos años atrás y no recientemente, pero a Eva no le cabía duda de que una artista del calibre de Bryn Jones había sido capaz de ver, igual que ella ahora, al hombre que había bajo aquel caparazón de frialdad.

Le resultaba significativo que Michael hubiera mantenido aquella pintura en la intimidad de su dormitorio.

Igual que su fotografía africana...

Sintió un escalofrío en la espina dorsal al saber que Michael tenía una de sus fotografías en la pared de su dormitorio. Siempre había sentido que todas sus fotos eran una parte de sí misma, una extensión. Y le resultaba particularmente saber que durante todo aquel tiempo Michael habría mirado aquella en particular día y noche.

Aunque por supuesto que no había sido así, se reprendió a sí misma. Michael no solo era un hombre de negocios, lo que significaba que sin duda consideraba tanto la foto como el cuadro inversiones, sino que además el propio Michael le había contado que sus dos hermanos y él rotaban en las tres galerías Arcángel. Lo que significaba que Michael solo estaría en París un máximo de cuatro meses al año.

–El cuadro y la foto viajan en el avión de los D'Angelo conmigo allá donde viva –dijo él de pronto.

Eva se giró y lo miró con el ceño fruncido.

–¿Por qué me dices eso? –le espetó irritada.

Porque Michael había sido capaz de ver, de saber los pensamientos que cruzaban por la bella cabeza de Eva en aquel momento. Porque cada vez le resultaba más fácil leerle los pensamientos y las emociones.

Y unos minutos atrás sin duda estaba en el proceso de poner el cuadro de Bryn y su propia foto en una cajita marcada con la etiqueta «Inversiones de Michael D'Angelo».

Y sí, sin duda el cuadro y la foto podían ser clasificados como inversiones; pero para él significaban mucho más, hasta el punto que Michael sabía que nunca vendería ninguno de los dos.

Haber descubierto ahora que Eva era E.J. Foster, la fotógrafa de *Armonía,* resultaba como mínimo inquietante...

Michael había acudido a la exposición de fotografía de E.J. Foster aquella noche dieciocho meses atrás sin demasiada esperanza de encontrar algo que le interesara. Había aceptado la invitación por cortesía hacia un compañero, dueño de otra galería. La fotografía no era un arte que hubiera significado nunca nada especial para Michael. Nunca le había llegado como la escultura o la pintura.

Las fotografías de E.J. Foster le habían impresionado a primera vista, se había quedado completamente enganchado desde que vio *Armonía*. Se había sentido atraído hacia ella al instante.

¿Y hacia la fotógrafa?

Tal vez. Pero hasta aquella noche, Michael había dado por hecho que E.J. Foster era un hombre, y había permitido que sus sentimientos se centraran en la foto y no en su autor. Saber ahora que Eva era la autora, y conocer la historia que había detrás de la foto, una historia que antes de aquella noche solo había podido intuir, hacía que Michael sintiera ahora esa misma afinidad hacia ella...

–¿Michael?

Miró a Eva con los ojos entornados y contuvo el aliento. El pulso la latía con fuerza al ver lo bella que estaba bajo la tenue luz del dormitorio.

Había sido un grave error llevarla allí, pensó Michael ahora cuando otra parte de su anatomía empezó a endurecerse.

Eva casi podía sentir, tocar, la intensidad del aire, que parecía haberse detenido a su alrededor. Michael y ella siguieron mirándose en la semioscuridad del dormitorio, solo la luz procedente del pasillo y de las dos lucecitas de las obras iluminaban la habitación.

Eva apenas podía respirar, y desde luego no podía apartar la vista ni mover un dedo en señal de protesta mientras la mirada de Michael continuaba clavada en la suya y empezó a bajar lentamente la cabeza hacia la de ella.

El corazón le saltó dentro del pecho, el aire que los rodeaba se cargó de electricidad cuando Eva sintió el primer contacto explorador de aquellos labios cincelados sobre los suyos antes de que se endurecieran y tomaran el control cuando Michael sintió sin duda su respuesta.

Eva dirigió las manos hacia los anchos hombros de Michael al ver que de pronto le fallaban las rodillas. Sintió al instante el calor de su piel bajo los dedos y la fuerza de su musculado pecho cuando Michael le rodeó la cintura con los brazos y la atrajo hacia sí.

Eva gimió mientras abría los labios para sentir el áspero roce de la lengua de Michael. Aquella lengua depredadora exploró al instante el calor de su boca cuando la estrechó con más fuerza, haciendo que Eva fuera completamente consciente del calor y la plenitud de su deseo sobre el abdomen.

Era un deseo que Eva también sintió. Los senos se le hincharon por la excitación, los pezones se le endurecieron mientras el calor crecía entre sus piernas, humedeciéndola. Tenía todo el cuerpo en llamas por el deseo cuando correspondió a la intensidad de los besos de Michael.

Besos apasionados que se hicieron más profundos, más hambrientos cuando Eva sintió el calor de la mano de Michael sobre la piel desnuda de su abdomen bajo la camiseta. La movió lentamente acariciándola hacia arriba hasta que le cubrió con la mano uno de los senos. El suave movimiento del pulgar de Michael le acarició el excitado pezón.

Eva apartó la boca de la de Michael con un gemido. Echó la cabeza hacia atrás mientras el calor de su boca le recorría la sensible columna del cuello, y luego bajó un poco más hasta llegar a la barrera de su camiseta antes de tomar con el calor de su boca la plenitud del pezón, succionándolo profundamente.

Eva sintió que le fallaban las rodillas mientras el deseo se apoderaba de su cuerpo en cálidas oleadas. Necesitaba más, quería más.

Y Michael le dio más al llevar la atención de su boca y de su lengua al otro seno. La unión de los muslos de Eva se transformó en un latido urgente y ansioso cuando la mano de Michael se lo cubrió.

—Necesito... oh, Dios, necesito...

—¿Confías en mí para que te dé lo que necesitas, Eva? —gruñó Michael.

—¡Sí! Por favor... —se estaba volviendo loca de deseo, tenía que conseguir alivio para el placer que la consumía.

Los labios y la lengua de Michael volvieron a acariciar y succionar su sensitivo pecho mientras le pasaba un brazo por los hombros y el otro bajo las rodillas para levantarla en brazos y llevarla a la cama. La colocó suavemente sobre el colchón antes de unirse a ella.

Se puso de rodillas entre las piernas abiertas de Eva y le quitó la camiseta por la cabeza. La tiró a un lado y se llenó los ojos con la desnudez de sus senos. Montículos plenos que le cabían perfectamente en la palma de la mano cuando los cubría, coronados por los pezones rosas y erectos.

Michael le sostuvo la mirada mientras bajaba lentamente la cabeza para succionarle primero un pezón y luego otro, consciente de que nunca había saboreado nada tan exquisito; Eva tenía la piel suavísima y sabía a miel caliente.

Era un sabor al que podría volverse adicto con facilidad.

Continuó sosteniéndole a Eva la mirada mientras le besaba el plano vientre. Ella tenía las mejillas sonrojadas, los labios rojos e hinchados por los besos de antes. ¿Tendría los labios inferiores tan rojos y tan hinchados, tan brillantes por la misma excitación? ¿Sabrían también a miel?

Michael se moría por saberlo.

Tenía que saberlo.

Tenía que saborearlos...

La miró con los ojos entornados mientas volvía a sentarse sobre las rodillas, le desabrochaba el botón de los vaqueros y le bajaba lentamente la cremallera, dándole la oportunidad de pararle si así lo quería. Nunca había obligado a nada a ninguna mujer en su vida y no iba a empezar ahora. Por mucho que se muriera por saborear a Eva.

Por suerte ella no hizo ningún amago de detenerlo, ni cuando la giró hacia un lado para quitarle los zapatos antes de sacarle los vaqueros por los muslos ni cuando le bajó las braguitas de seda negra para quitárselas. Eva cerró los ojos y dejó caer las manos sobre la colcha mientras Michael se arrodillaba una vez más entre sus piernas, permitiéndole mirar entre sus muslos abiertos.

Tenía el vello rizado tan oscuro como el pelo de la cabeza. Unos rizos sedosos, suaves y algo húmedos que revelaban su montículo y los brillantes y henchidos labios de debajo.

–Preciosa... –gimió con voz ronca abriéndole todavía más las piernas antes de inclinarse para poner la cabeza entre sus muslos.

Eva gimió al sentir la cálida respiración de Michael cerca de su zona más sensible. El gemido se transformó en un suave quejido y subió las manos instintivamente para agarrarle el pelo al sentir el primer barrido cálido de su lengua húmeda.

Perdió el sentido de dónde estaba y quién era mientras aquella lengua seguía deslizándose cálida y rítmicamente, suave y luego dura, haciendo círculos y presionando, llevándola al borde del éxtasis.

–¡No! –gimió en protesta cuando Michael alzó la cabeza.

Volvió a gemir cuando se movió más abajo y sintió sus dedos acariciándola en su punto más sensible mientras su lengua atravesaba los temblorosos labios profundamente. Tomándola, poseyéndola mientras deslizaba la otra mano hacia su seno, acariciándolo, pellizcándole el pezón al mismo ritmo.

Eva levantó las caderas al sentir una vez más el lamido cálido de la lengua de Michael en el centro de su cuerpo, incluso cuando sus dedos le separaron los pliegues antes de entrar, primero uno, luego dos, estirando los temblorosos músculos, curvando ligeramente los dedos al explorar su interior.

Eva siguió alzando las caderas una y otra vez mientras recibía todos y cada uno de aquellos embates hasta que gritó, gimió, agarró con fuerza la colcha mientras la fiereza de su orgasmo atravesaba todo su cuerpo en un alivio ardiente y cálido, amenazándola con partirla por la mitad con su intensidad. Las lágrimas le resbalaron por las mejillas mientras una interminable oleada de placer la llevaba más allá de cualquier cosa que hubiera conocido con anterioridad.

Mientras Michael la llevaba más allá de cualquier placer que hubiera conocido.

Capítulo 7

TE HE hecho daño? –Michael frunció el ceño preocupado cuando se tumbó al lado de Eva, acariciándole con los dedos las mejillas húmedas.

Ella siguió con los ojos cerrados.

–No.

–¿Entonces qué pasa? –le espetó al ver que ella apartaba la cabeza. Maldición, nunca había sido su intención llevar las cosas tan lejos. Nunca quiso... –Eva, dime algo, maldita sea –la presionó preocupado apartándole el oscuro cabello de la húmeda frente.

–¿Qué quieres que te diga? –le soltó ella con amargura–. Vine a París porque creo que tu hermano sedujo a mi hermana. Y ahora...

–Y ahora yo te he seducido a ti –Michael cayó en la cuenta.

–Yo no diría eso –murmuró Eva–. Yo también estaba aquí, Michael. Oh, Dios mío, yo también estaba aquí... –rodaron más lágrimas por sus pálidas mejillas.

–¡Eva, mírame, maldita sea!

Ella levantó muy despacio los párpados. Aquellos ojos color violeta parecían algo asustados cuando le miraron.

–¿Qué acabamos de hacer? –gimió Eva–. ¿Qué acabo de hacer yo? –soltó un gemido de agonía antes de apartarse de él y hacerse un ovillo.

Parecía tan pequeña y frágil, tumbada de costado, desnuda y dándole la espalda.

–¡Solo hace unos días que te conozco! –continuó ella disgustada–. En realidad no te conozco de nada.

–Sí me conoces, Eva –aseguró Michael. Estaba convencido de que le conocía mejor que la mayoría de la gente.

Tal vez se hubieran conocido hacía solo unos días, pero Michael sabía que le había revelado a Eva cosas que nadie sabía.

Igual que él la conocía ahora del mismo modo profundo. Había llegado a tomarle cariño en los últimos días, y descubrir que era E.J. Foster, la fotógrafa de *Armonía,* le había llevado a profundizar más en ella.

Era una mujer de sentimientos profundos. Una mujer sincera consigo misma hasta el punto de exponer sus emociones al desnudo de un modo que Michael nunca sería capaz de hacer.

Y aquella confirmación, la de la sinceridad y la crudeza de las emociones de Eva, era lo que confirmaba lo absurdo de sus acusaciones iniciales hacia ella. Por mucho que deseara que no fuera así, sabía que Eva creía sinceramente que Rafe era el padre de los hijos de su hermana.

Del mismo modo que la sinceridad de sus emociones le había permitido entregarse a él completamente...

Todavía podía sentir su néctar en los labios cuando se pasó la lengua por ellos. Igual que podía sentir todavía la suavidad de terciopelo de su piel en las manos, y el modo en que había cobrado vida con sus caricias. No hizo ningún amago de ocultar sus respuestas hacia él.

Al mirarla ahora, con la piel pálida bajo la tenue luz y el cabello de ébano sedoso, Michael supo que quería volver a tocarla y saborearla otra vez.

–Eva...

–No vuelvas a tocarme –le advirtió ella cuando Michael le puso suavemente la mano en el hombro. No tuvo que apartar la mano, porque Eva se apartó–. ¡No puedo creer que yo esté aquí completamente desnuda y tú completamente vestido! –añadió pesarosa.

–¿Qué importa eso? –Michael dejó caer la mano a un lado y se recostó contra las almohadas observando con ojos entornados cómo Eva se ponía la camiseta, las braguitas y los vaqueros para cubrir su desnudez antes de levantarse.

–Importa porque tú no... –el cabello le caía revuelto sobre los hombros–. Ha sido egoísta por mi parte tomar y no dar.

–¿Acaso he dicho yo que me moleste? –respondió Michael con tono seco. Sin duda pagaría por la falta de alivio cuando Eva le hubiera dejado, pero por el momento se alegraba de haberle dado placer, de haber disfrutado de su placer.

–No... –ella sacudió la cabeza y evitó mirarlo a los ojos antes de echar los hombros hacia atrás–. Pero eso no significa que yo no me sienta... es demasiado tarde para mover a los gemelos esta noche, pero mañana buscaré otro sitio para quedarnos.

Michael apretó las mandíbulas.

–No.

Eva lo miró antes de volver a apartar rápidamente la vista.

–¿Qué quieres decir con eso?

–Exactamente lo que he dicho –se reafirmó Michael poniéndose a su vez también de pie–. Lo que ha ocurrido esta noche entre nosotros...

–Ha sido un error –terminó Eva por él alzando la barbilla en gesto defensivo–. Y los dos lo sabemos.

Michael todavía no tenía claro qué significaba lo de aquella noche, necesitaba tiempo y soledad para pensar en ello.

Y en las repercusiones que podría tener en aquella situación ya de por sí delicada.

Pero lo que sí tenía claro era que no le gustaba que Eva lo describiera como un error.

—Vamos a dejar el asunto por el momento, y si te parece hablaremos otra vez por la mañana —sugirió malhumorado.

Eva no quería dejar pendiente nada; quería dejar aquel apartamento y a Michael al instante. Pero no podía. Porque por una vez los gemelos dormían plácidamente en sus cunas y de ninguna manera iba a molestarlos sacándolos del apartamento aquella noche. Después de todo, ¿dónde iba a ir?

¿Cómo había permitido que sucediera esto? ¿Por qué había sucedido?

Sí, sabía desde el principio que Michael le parecía tremendamente atractivo, que la afectaba físicamente más que ningún otro hombre que hubiera conocido, pero no se había dado cuenta de hasta qué punto...

Eva se habría reído burlona si alguien le hubiera dicho que Michael D'Angelo y ella terminarían haciendo el amor.

O para ser más precisos, que Michael le haría el amor a ella...

Qué extraño. Y qué vergonzoso. Eva quería volver a hacerse un ovillo. Pensar en los labios y las manos de Michael en ella, en aquella intimidad...

Y por mucho que intentara negarlo, Eva sabía perfectamente por qué había ocurrido.

Cenar juntos aquellas últimas noches, hablar de todo y de nada, había sido más relajado de lo que nunca creyó posible. Pero había sido ver el cuadro y su fotografía colgando de la pared de su dormitorio lo que la llevó la tercera noche a aquella intimidad.

Porque en aquel momento Eva había visto a Michael tal y como era de verdad. Y se dio cuenta, tal y como ya sospechaba, que no era el hombre frío y remoto que mostraba ser delante de la gente.

Tal vez no conociera las razones que le habían llevado a poner aquel barniz por encima de sus emociones, ni cuándo lo había hecho, pero el apego que sentía hacia el cuadro de la rosa mortecina y hacia su foto africana habían confirmado la existencia de aquel barniz.

Y detrás de aquella capa había sentimientos profundos y complicados. Sentimientos que aquella noche habían conectado con algo profundo en ella, una conexión que últimamente no había sido capaz de negar. Tanto era así que no se le había ocurrido negarlo cuando los dos empezaron a hacer el amor.

Y el amargo resultado de aquella conexión era aquel sentimiento de disgusto hacia sí misma y de humillación...

Sabía lo que habría dicho Rachel dada su absoluta alegría de vivir: «ve por ello, hermana». Y desde luego que Eva lo había hecho. Todavía le temblaba el cuerpo tras el primer orgasmo que había experimentado en su vida. Un orgasmo que la había dejado con ganas de más. Unas ganas imposibles cuando Eva pensaba en la razón que la había llevado a París en primera instancia.

Alzó la barbilla.

–Creo que sería mejor que los gemelos y yo nos fuéramos...

–No –repitió Michael con firmeza.

Ella le lanzó una mirada irritada.

–No creo que seas tú quien deba decidirlo.

–Al contrario –Michael estiró los hombros–. Si esos niños son mis sobrinos, como tú aseguras, entonces ellos y tú permaneceréis bajo mi protección hasta que pueda hablar con Rafe.

Ella arqueó las cejas.

–¿Y quién va a protegerme a mí de ti?

Michael apretó las mandíbulas. No le gustó el comentario, pero sabía que se lo merecía. ¿Quién iba a proteger a Eva de él?

¿O a él de Eva?

Porque a Michael no le cabía la menor duda de que si seguían juntos en aquel apartamento lo que había ocurrido aquella noche sucedería otra vez casi sin duda...

La respuesta de su todavía dura erección al pensar en hacer otra vez el amor con Eva era la prueba que lo confirmaba.

–¿No estás sobrestimando tu propia atracción? –Michael habló con tono deliberadamente mordaz mientras la miraba arriba y abajo con frialdad. Pero lamentó haber sido tan frío al ver cómo ella daba un respingo y se le ensombrecían las ojeras bajo sus bellos ojos color violeta. Pero en aquel momento necesitaba poner algo de distancia entre ellos, aunque fuera verbalmente. Por el bien de ambos.

Eva apretó los labios.

–¿Es eso lo que estoy haciendo?

–Creo que sí –dijo Michael quitándole importancia–. Esta noche ha sido una... diversión interesante, consecuencia sin duda de la cercanía, pero dudo que vuelva a repetirse. Y ahora, ¿te importaría salir de mi dormitorio? –se dio bruscamente la vuelta–. Algunos tenemos que trabajar mañana.

Eva pensó que no podría sentirse todavía más humillada, pero la fría despedida de Michael demostró que sí podía.

Michael se estaba comportando como si la última media hora no hubiera sucedido nunca, no tenía nada que ver con el apasionado amante que le había regalado generosamente aquel orgasmo tan brutal. Porque había sido un regalo, un regalo sin egoísmo alguno.

Pero ahora Michael estaba usando su fría indiferencia como defensa para despedirla.

–Muy bien –le espetó ella con la misma frialdad–. Como tú dices, ya hablaremos por la mañana. Y mañana los gemelos y yo nos mudaremos a otro sitio hasta que nuestro vuelo de regreso a Londres...

–Ya he cancelado vuestro vuelo original –le informó Michael con arrogancia.

–¿Qué dices que has hecho? –Eva apretó los puños. Él se encogió despreocupadamente de hombros.

–Te dije que lo haría.

–Sí, pero... no puedo creer que... eres un arrogante y un hijo de...

–Esa lengua, Eva –se mofó Michael.

–¿Cómo te atreves a...? Ya estás reservándolo otra vez –le ordenó furiosa.

–No voy a hacerlo –afirmó él.

–Entonces lo haré yo.

–Supongo que puedes intentarlo –asintió Michael sin mostrar ninguna preocupación–. Pero cuando hablé con la encargada me agradeció que se lo hiciera saber con tiempo, porque tienen una larga lista de espera para ese vuelo. Así que estoy seguro de que no podrás irte al menos en ese vuelo.

Eva se clavó las cortas uñas en las palmas de las manos.

–Eres un hijo de...

–Te sugiero por el bien de los gemelos que trates de moderar tu lenguaje –le espetó él con tono distante–. Y también tengo entendido que los bebés son muy sensibles al humor de los adultos que les cuidan y que actúan acorde...

Eva había aprendido aquella lección a su pesar durante los últimos tres meses; si estaba de mal humor por haber dormido poco o por lo que fuera, los gemelos lo captaban y se comportaban mal.

–Entonces te aconsejo que te mantengas alejado de mí el resto de nuestra estancia aquí –le advirtió antes de girarse bruscamente sobre los talones y salir del dormitorio sin molestarse en cerrar la puerta tras ella para dirigirse al cuarto de los gemelos.

Lo que quedara por recoger en la cocina que lo hiciera Michael, porque Eva ya había tenido suficiente por aquella noche.

–Toma un cruasán, Eva –Michael le ofreció la cesta de bollos a la mañana siguiente, cuando estaban desayunando en el comedor. Los gemelos estaban sujetos en las tronas que había encargado el primer día, cuando le quedó claro que las necesitaban, igual que el parque–. He salido a comprarlos esta mañana, como de costumbre.

Había aparcado hacía un par de días su costumbre de salir a dar un paseo por la mañana y disfrutar de un delicioso desayuno en su café favorito mientras Eva y los gemelos estuvieran con él. Pero eso no significaba que no pudiera seguir disfrutando de los deliciosos cruasanes del café, aunque tuviera que salir cada mañana a comprarlos.

El desayuno con dos bebés de seis meses era sin duda toda una experiencia, solían tirar la papilla de cereales y fruta al suelo en lugar de metérsela en la boca, igual que la leche. Ahora estaban mordiendo con las encías más que masticando sus tostadas con los cuatro dientes que mostraban con orgullo cada vez que sonreían. Algo que hacían con frecuencia.

Michael había aprendido rápido a no ponerse el traje hasta después del desayuno, ahora llevaba los vaqueros de la noche anterior y una camiseta blanca... actualmente decorada con restos del desayuno de los niños.

Pero sin duda eran adorables, reconoció Michael mientras renunciaba al trozo de tostada manoseada que Sophie le ofrecía.

Su ruidosa presencia había también ayudado a disimular la tensión que sin duda había entre Eva y él aquella mañana.

Como era de esperar, Michael no había dormido bien. Primero intentó aplacar su todavía furiosa erección, un ejercicio de fuerza de voluntad al que sin duda no ayudaba el hecho de saber que Eva estaba en otra habitación muy cerca de él.

Se dio otra ducha fría y eso ayudó un poco, pero no sirvió para apagar por completo el deseo que sentía por ella. Eso solo lo logró al ponerse a pensar en cuál sería la mejor forma de seguir bajo el mismo techo que Eva.

Su sorpresa al saber que era E.J. Foster le había llevado a mostrarle la fotografía que tenía en la pared al lado del cuadro de Bryn, y eso significaba que le había revelado demasiado de sí mismo a Eva.

Una certeza que ahora le hacía sentirse emocionalmente expuesto, como seguramente le ocurriría a Eva tras la intimidad que habían compartido la noche anterior.

La prueba estaba en la hostilidad que Eva había demostrado hacia él aquella mañana cuando entró en la cocina con la bolsa de bollos. Su fría educación hizo que Michael se pusiera al instante en guardia.

–Gracias –Eva evitó mirarlo a los ojos al agarrar uno de los cruasanes de la cesta.

Al menos estaban mostrando algo de educación delante de los gemelos.

Una educación poco natural tal vez, pero era mejor que no hablarse, que era lo que Michael temía que sucediera. Porque había disfrutado mucho de la compañía de Eva la noche anterior, igual que las otras dos.

Y había disfrutado todavía más de hacerle el amor.

A pesar de que la fría actitud de Eva dejaba claro que no se iba a volver a repetir.

Por su parte, Michael estaba seguro de que sí.

Principalmente porque le estaba costando trabajo mantener las manos alejadas de ella en aquel momento.

Eva parecía más frágil que nunca aquella mañana, tenía ojeras y la cara pálida. Los vaqueros ajustados y la camiseta color púrpura que llevaba aquel día marcaban la delgadez de su figura.

Lo que Eva necesitaba...

Michael estaba seguro de que Eva no tenía ningún interés en saber lo que a él le parecía que necesitaba, aunque fuera algo tan inocente como una larga noche de sueño reparador, y que alguien la cuidara a ella para variar. Michael fue consciente de que ambos gemelos se despertaron dos veces por la noche y pensó en ir a su cuarto para ocuparse de ellos y que Eva volviera a la cama, pero se lo pensó mejor. Sabía que había exacerbado la distancia entre ellos al subir las defensas y permitir que su frialdad ocultara sus pensamientos y sus emociones.

Así que la noche anterior se había quedado en su dormitorio, escuchando cómo Eva hablaba con dulzura a los gemelos mientras trataba de volver a dormirlos, frustrado por no poder serle de ninguna ayuda. Consciente de que Eva rechazaría esa ayuda si se la ofreciera.

Pero tenía algo importante que discutir con ella. Aunque no allí, y no cuando Eva tenía la atención dispersa.

–Me gustaría que vinieras a la galería esta mañana.

Eva, que le estaba poniendo miel al cruasán, alzó la vista y miró a Michael desde el otro lado de la mesa.

–¿Por qué?

–Necesito hablar contigo.

Ella frunció el ceño.

–Ahora estamos hablando.

–Y tenemos un público exigente –señaló Michael al ver cómo Sam lanzaba su tostada por los aires.

Eva la recogió con aire ausente y la colocó a un lado de su propio plato antes de responderle a Michael.

–¿Por qué en la galería?

–¿Por qué no? –él se encogió de hombros–. Puedo convencer a Marie o a Pierre para que cuiden de los niños mientras hablamos. Pierre tiene dos hijos.

Eva le escudriñó el rostro, pero como siempre, no fue capaz de entender la expresión cerrada de Michael; podía ser tan inescrutable como una esfinge cuando quería. Y ahora quería hacerlo. Eva sacudió la cabeza.

–No voy a dejar a los gemelos con unos completos desconocidos.

–¿Y si yo respondo por Marie y por Pierre?

Eva esbozó una sonrisa carente de humor.

–Lo creas o no, te sigo considerando un desconocido en lo que a los gemelos se refiere.

Michael alzó las cejas.

–¿No te parece que eso es ser un poco... corta de vista dadas las circunstancias?

Eva sabía a qué circunstancias se refería Michael exactamente, y se negaba en redondo a habar de lo sucedido entre ellos la noche anterior. Ya era bastante malo que hubiera sucedido.

–Soy lo suficientemente mayor como para cuidar de mí misma. Y mucho más de los gemelos –añadió con calma dándole un mordisco a su cruasán con miel.

Michael se puso bruscamente de pie y empezó a recorrer arriba y abajo la cocina, lanzándole a Eva miradas furiosas de vez en cuando mientras ella terminaba con calma de comerse el cruasán antes de intentar limpiar los restos del desayuno de los gemelos.

Consciente todo el rato de la presencia de Michael mientras deambulaba inquieto por la cocina.

Por lo que a Eva se refería, la noche anterior había sido completamente impropia de ella, y cuanto antes lo olvidaran, mejor.

Y seguía enfadada con Michael por haber anulado los billetes de avión sin siquiera consultarle. Lo menos que se merecía era un poco de venganza por aquello.

El hecho de que estuviera para comérselo aquella mañana no ayudaba a mantener la distancia entre ellos. Tenía el pelo algo revuelto tras el paseo a la panadería y una barba incipiente porque no se había afeitado aquella mañana. La camiseta blanca y los vaqueros desteñidos mostraban la fuerza de aquel cuerpo musculoso.

A ese paso, Eva iba a necesitar otra ducha, esta vez fría, cuando Michael se fuera a la galería.

Deslizar la mirada hacia aquellos labios esculpidos que tanto placer le habían dado la noche anterior era suficiente para hacerla temblar por dentro. Y la reacción de sus senos y de la unión de los muslos debería ser ilegal. Así las cosas, la única defensa de Eva contra aquella atracción física era intentar mantener a Michael a una distancia verbal. Costara lo que costara.

Se puso de pie.

–Tengo que bañar y vestir a los gemelos, ¿no es hora de que te vayas a la galería?

Michael apretó los labios.

–No intentes librarte de mí, Eva, no funcionará.

Ella alzó una de sus oscuras cejas.

–No sé a qué te refieres –agarró en brazos a Sam y a Sophie sin mirarlo.

–Arcángel –le espetó Michael apretando los dientes–. A las doce en punto.

–No reacciono bien a las órdenes, así que parece que estamos otra vez en un callejón sin salida.

Michael dejó escapar un suspiro controlado.

–De acuerdo. Dejaré las doce libre en mi agenda para ti por si te puedes pasar. ¿Te parece mejor así?

Ella contuvo una sonrisa.

–Ya veremos cómo se desarrolla la mañana, pero no prometo nada.

Capítulo 8

ESPERO no interrumpir nada, porque según mis cálculos, Eva y yo teníamos una cita hace diez minutos...

Eva le dirigió una sonrisa de disculpa al guapo de Pierre antes de darse la vuelta para mirar al dueño de aquella voz fría y sarcástica. Michael los miraba con gesto adusto. Pierre y ella estaban hablando en la zona de recepción de la galería.

Y estaba en lo cierto, Eva tendría que haber estado en su despacho de la tercera planta diez minutos atrás. Pero no había sido capaz de resistirse a hablar con su asistente cuando el coqueto Pierre se acercó a hablar con ella en cuanto entró en la galería.

Quería sacarle información sobre Rachel y Rafe.

Pero no había llegado muy lejos en aquel empeño, solo había podido mencionar de pasada la visita de su hermana a París el año anterior cuando Michael los interrumpió tan bruscamente.

–¿No deberías haber salido ya a comer? –le preguntó a Pierre atravesándolo con la mirada.

Eva dejó escapar un suspiro al escuchar el tono cortante de Michael. Seguro que ella era la culpable. A Michael no le había gustado que intentara interrogar a su asistente tres días atrás sobre si recordaba a Rachel o si sabía algo de su relación con Rafe. Y seguramente tenía miedo de que ahora le estuviera preguntando sobre el mismo tema, aunque lo cierto era que a Eva no le había dado tiempo a hacerlo.

–Recuerda que me pediste que cuidara de los niños de la señorita Foster mientras tú estabas reunido con ella –le recordó Pierre a su jefe con educación.

Michael apretó las mandíbulas.

–Entonces tal vez deberías estar haciéndolo en lugar de retrasar a la señorita Foster.

Eva ya había oído bastante. Era obvio que Michael estaba permitiendo que su asistente pensaran que Sophie y Sam eran sus hijos, no los hijos de Rachel y Rafe.

–Es muy amable por tu parte, Pierre –se giró hacia el francés y le sonrió con dulzura–. Como ves, mis sobrinos se han dormido –miró a los pequeños, dormidos en la silla. Sus angelicales rostros no mostraban ni rastro de la energía que habían exhibido aquella mañana en el apartamento de Michael. Eva había hecho buen uso de las tronas y del parque. Después de recoger el apartamento los había dejado a salvo en el parque mientras ella se cambiaba para acudir a su cita de las doce con Michael.

Ahora lamentaba haberlo hecho, porque podía sentir la desaprobación de Michael al haberla visto hablando con el guapo de Pierre. Una conversación con la que, lamentablemente, no había conseguido ninguna información nueva sobre la relación de Rachel y Rafe...

Ignoró la desaprobación de Michael y siguió sonriendo a Pierre.

–Si me necesitas ya sabes dónde estoy.

–Por supuesto –Pierre sonrió también mientras miraba de reojo a su jefe.

La sonrisa de Eva desapareció en cuanto se giró para mirar a Michael con frialdad.

–¿Nos vamos? –le espetó tensa sin esperar respuesta mientras se giraba y avanzaba por el pasillo de mármol hacia las escaleras que llevaban a las plantas superiores.

Michael consiguió alcanzar a Eva en tres pasos y la agarró del codo.

–Aquí no –murmuró él apretando los dientes cuando Eva trató de zafarse.

–¡Te has comportado como un arrogante con Pierre! –los ojos violeta de Eva lanzaban chispas.

Sí, lo había hecho, reconoció Michael consciente de que había sido maleducado y seco con el joven. Aunque sus razones para ello eran más difíciles de explicar...

Aquella mañana en la galería no había sido su mejor momento tampoco, gritó a todas las personas con las que había hablado y había estado a punto de hacer llorar a Marie por su mal carácter. Y eso solo había servido para que se sintiera más molesto aunque se hubiera disculpado ante Marie.

Como consecuencia había estado recorriendo su despacho arriba y abajo mientras esperaba la llegada de Eva a las doce. Los minutos transcurrieron muy lentamente cuando el reloj del escritorio marcó el mediodía. A las doce y ocho minutos Michael decidió llamar a su apartamento, y cuando no obtuvo respuesta se lo tomó como un indicador de que Eva iba de camino. Por eso decidió bajar y esperarla en recepción.

Al llegar al pie de las escaleras de mármol y ver a Eva charlando tranquilamente y riéndose con su encantador asistente, a Michael se le nubló la vista.

Una oleada de disgusto se apoderó de él cuando se

acercó con decisión hacia ellos bloqueando cualquier pensamiento racional.

Y Michael no tenía ni idea de por qué había reaccionado de aquel modo.

Solo sabía que no le gustaba haber visto a Eva tan relajada y cómoda en compañía de otro hombre. La misma complicidad que Michael pensó que Eva y él habían compartido de forma exclusiva los últimos días. Hasta la noche anterior...

La noche anterior lo había cambiado todo entre ellos, y Michael no estaba seguro de que Eva acudiera a la cita.

Ver que finalmente había decidido ir, pero que se había retrasado porque estaba abajo de charla con el guapo y encantador Pierre había empeorado todavía más el humor de Michael.

No estaba enfadado... ¡estaba celoso!

Michael aspiró con fuerza el aire al pensar en lo que eso significaba.

Porque a pesar de las circunstancias en las que se habían conocido y haber pensado al principio que era una cazafortunas, lo cierto era que Eva le gustaba... no solo era guapa, sino que también era inteligente. Tenía una conversación astuta y provocadora, y sus exquisitas fotografías demostraban que era una artista con talento.

Y después de la noche anterior, sería ridículo que Michael intentara siquiera negar que también la deseaba.

A eso había que añadir que admiraba su resistencia emocional tras haber perdido a sus padres y a su hermana en tan breve espacio de tiempo. Y no le cabía ninguna duda del profundo amor que sentía por los gemelos.

Pero pensar que podría estar empezando a sentir algo más profundo por Eva le resultaba completamente inaceptable.

Le resultaba completamente inaceptable darse cuenta que disfrutaba de aquellas veladas que habían pasado juntos, jugando con los gemelos antes de bañarles y darles la cena para luego acostarles. Luego se sentaban juntos a comer algo y tenían una conversación inteligente y con chispa.

Tanto era así que Michael era consciente de que el apartamento iba a quedarse vacío y solo cuando Eva y los niños regresaran a Inglaterra.

—Toma asiento —gruñó cuando Eva hubo entrado en su despacho. Cerró la puerta tras ellos antes de cruzar la estancia para sentarse detrás del escritorio de mármol.

Entonces se dio cuenta de que Eva no había hecho amago de hacer lo que le pedía. Entornó los ojos al darse cuenta de lo hermosa que estaba con aquel vestido de verano en color lila pálido que le llegaba a la rodilla. Tenía la piel suave y pálida, solo llevaba un brillo ligero en los labios. La sedosa melena de ébano negro le caía sobre la desnudez de los hombros ligeramente bronceados. Iba calzada con sandalias planas.

Michael apretó los labios al sentir la punzada de tanto encanto falto de afectación.

—¿Eva?

Ella siguió sin moverse.

—Acabas de ser tremendamente maleducado con Pierre.

—Creo que me puedes dejar a mí tratar con mi personal —afirmó Michael.

Eva abrió los ojos de par en par al escuchar la frialdad de su tono. ¿Cómo era posible que aquel hombre que la miraba con tanta indiferencia fuera el mismo que le había hecho el amor de forma tan exquisita la noche anterior?

–¿Sabías que Pierre está casado?

Eva frunció el ceño. No le gustó nada su tono burlón.

–Lo he dado por hecho –respondió arrastrando la palabra–, después de que me dijeras que tiene dos hijos.

Michael asintió bruscamente.

–Solo quería asegurarme de que estuvieras al tanto.

Ella sacudió la cabeza ante la dureza de su tono.

–Creo que no me gusta lo que estás dando a entender.

–No estoy dando a entender nada.

–Claro que sí –aseguró Eva, más consciente ahora que nunca de que la desconfianza que Michael tenía en las mujeres surgía de su pasado.

–¿No quieres sentarte, por favor? –Michael volvió a indicarle la silla que estaba frente al escritorio.

Eva supuso que debería agradecer que al menos esta vez le hubiera dado las gracias.

Avanzó lentamente hacia delante antes de colocarse en el borde de la silla y mirar a Michael. Estiró la espalda.

–Te aseguro que no tengo ningún interés personal en Pierre.

–Y yo te pido disculpas si has pensado que estaba dando a entender otra cosa –Michael asintió con brusquedad. Era muy consciente de que sí había dado a entender otra cosa, que había reaccionado mal al ver a Eva hablar con Pierre.

Igual que era consciente de que se negaba a reconocer los motivos de su reacción.

–Dime, ¿de qué querías hablar conmigo? –le espetó ella con la misma brusquedad.

Michael alzó las cejas.

–Por lo que veo no estás de humor para intercambiar primero alguna cortesía –se mofó él–. Como por ejemplo, preguntarme si he pasado una buena mañana.

–No –contestó Eva–. ¿Podemos terminar de una vez con esta conversación? –añadió con impaciencia al ver que Michael seguía mirándola con fijeza–. Se está haciendo tarde y hoy quiero llevar a los gemelos a Torre Eiffel.

Michael había sido consciente de que Eva ocupaba sus días llevándose a los bebés a dar vueltas por París. En las conversaciones de la cena solían hablar de dónde habían estado y qué habían visto.

Lo que le sorprendía era el tirón que sentía ahora por acompañarles a los tres en la excursión de aquella tarde.

La galería Arcángel de París llevaba abierta ocho años, y Michael había pasado al menos tres de esos ocho años en la capital francesa en periodos de dos a tres meses. Se había acostumbrado a ver los monumentos de París. De hecho podía ver la Torre Eiffel desde su apartamento.

Lo que parecía indicar que su interés no estaba en visitar la Torre Eiffel sino en pasar más tiempo con Eva y los gemelos.

Apretó los labios al darse cuenta.

–Quería que habláramos aquí en la galería porque tengo que hacerte una proposición de negocios.

Eva se puso en guardia al instante. Solo se le ocurría una proposición que Michael pudiera tener en mente. Y después de lo sucedido la noche anterior, no debería sorprenderle. Sin duda, tras tener toda la mañana para pensárselo, Michael ahora estaba deseando que dejara su apartamento.

Sacudió la cabeza.

–No creo que debas pensar en indemnizarme hasta que hayamos hablado con tu hermano...

–No estamos hablando con Rafe, Eva –la corrigió Michael estirando los hombros–. Y no tengo intención de indemnizarte, como tú dices, cuando todavía no ha quedado claro que Rafe sea el padre de tus sobrinos.

Eva sintió una oleada de furia en las mejillas al ver que Michael seguía dudando de sus palabras. Rachel podía ser muchas cosas, inmadura e irresponsable entre ellas, pero desde luego no era ninguna mentirosa. Y antes de morir le había dicho claramente que Rafe D'Angelo era el padre de los gemelos.

–Yo misma hablaré con tu hermano...

–Eso no va a pasar –afirmó Michael.

Eva abrió mucho los ojos al escuchar la firmeza de su tono.

–Tal vez seas un hombre rico y poderoso, Michael, pero no puedes impedirme que vea a Rafe y hable con él si quiero hacerlo. Y quiero hacerlo –añadió.

–Esto no tiene nada que ver con lo rico o poderoso que sea o deje de ser –suspiró–. Eva, ¿no crees que sería más amable para Nina, la mujer de Rafe, si fuera yo quien hablara con él en privado?

Eva se sonrojó todavía más.

–Si hubiera querido ponerle las cosas feas a la mujer de Rafe lo habría hecho. En lugar de acceder a esperar a que llegaran de la luna de miel para hablar con él.

Sí, pensó Michael. Porque él le había pedido que lo hiciera.

–Lo único que quiero es llegar a la verdad –añadió Eva en voz baja.

–Igual que yo –Michael asintió con la cabeza–. Y creo que lo conseguiremos con más... discreción si soy yo quien hablo con Rafe.

Aunque no tenía ni idea de cómo iba a sacar el tema de Rachel Foster con su hermano recién casado, y mucho menos preguntar si Rafe era o no el padre de sus gemelos.

Aunque Rafe lo negara, como Michael sospechaba que haría, su hermano podría haber sido un playboy antes de conocer a Nina y enamorarse de ella, pero desde luego no era tan irresponsable como para no usar métodos anticonceptivos en sus relaciones previas. Así que no le cabía duda de que Eva pediría una prueba de paternidad, lo que complicaría la ya de por sí delicada situación.

Michael no había visto nunca a Rafe tan feliz como lo estaba desde que se enamoró de Nina, y la idea de que la acusación de Eva pudiera dañar la relación de su hermano con ella le ponía enfermo. Pero al mismo tiempo empatizaba con la situación de Eva.

Había llegado a conocerla lo suficiente como para saber que no estaba haciendo nada de todo aquello por maldad, por venganza o con intención de chantajear a Rafe por dinero. Sabía que le resultaba imposible económicamente hacerse cargo de Sophie y Sam, y que necesitaba la ayuda del padre para hacerlo.

El orgullo de Eva nunca le permitiría aceptar ayuda económica de Michael, fuera cual fuera el desenlace de su conversación con Rafe.

–No te he pedido que vinieras para hablar de nada de eso –aseguró desviando el tema.

Eva suspiró.

–Entonces, ¿de qué querías hablar?

Michael apretó los labios al escuchar su tono rece-loso.

—Como te he dicho, tengo que hacerte una propo-sición de negocios, pero no incluye ninguna indemni-zación —aclaró al ver que estaba a punto de rechazar el tema una segunda vez.

Eva le escudriñó el rostro durante largos y tensos segundos, pero como de costumbre, no fue capaz de saber qué estaba pensando Michael.

—Entonces, ¿a qué te refieres? —le preguntó de pronto con suspicacia.

—A tus fotografías del Tíbet.

Ella parpadeó, sorprendida por la respuesta.

—¿Disculpa?

—Mencionaste que trajiste suficientes fotos del Tí-bet en tu última visita como para hacer una segunda exposición, ¿no?

—Sí...

—Y también sabes que soy un gran admirador del trabajo de E.J. Foster —continuó él.

—Sí... —Eva sintió cómo se le sonrojaban las meji-llas al recordar el momento en que se había enterado de eso. Del lugar en el que estaban y de la intimidad que había tenido lugar a continuación...

Michael asintió.

—También soy uno de los dueños de un grupo de galerías de arte y casas de subasta.

—Sí...

Michael la miró con impaciencia.

—¿Decir que sí va a ser tu única contribución a esta conversación?

—Eso depende.

Él entornó sus ojos negros como el ónix.

—¿De qué?

–De dónde vaya a parar exactamente esta conversación –Eva no sabía qué otra cosa podía decir. Todavía no sabía dónde quería llegar Michael con aquella conversación. Tenía alguna idea, claro, pero era tan poco realista que no podía estar en lo cierto.

No era posible de ninguna manera que Michael estuviera sugiriendo que montara una exposición de sus fotos tibetanas en alguna de las tres prestigiosas galerías Arcángel.

No, por supuesto que no estaba sugiriendo aquello. Sería una locura por parte de Eva pensar que...

–Lo que te propongo, Eva –dijo Michael arrastrando las palabras–, es que consideres la posibilidad de exhibir una selección de las fotos tibetanas de E.J. Foster en la galería Arcángel que escojas.

Capítulo 9

EVA abrió los ojos de par en par sin dar crédito y siguió mirando a Michael durante largos instantes antes de que otra emoción ocupara su lugar. Los ojos le brillaban de furia cuando se puso de pie bruscamente.

–¿Cómo te atreves? –lo acusó. Le temblaban las manos y las lágrimas de ira le nublaban la visión–. Desde el momento que te conocí supe que eras un hombre frío y duro.

–Eva...

–No te creíste ni una palabra de lo que te estaba diciendo...

–¡Eva!

–... pero aún sabiendo eso –continuó ella mientras las lágrimas le resbalaban por las mejillas–, nunca pensé que pudieras llegar a ser tan deliberadamente cruel.

–¡Maldita sea, no llores! –Michael salió de detrás del escritorio para acercarse a ella.

–No me toques –Eva se apartó de él para evitar que la tocara–. ¿Cómo puedes, Michael? ¿Cómo puedes ser tan cruel?

–¡Maldición, Eva!

A ella ya no le quedaban fuerzas dentro para apartarse una segunda vez cuando Michael la estrechó entre sus brazos. Las lágrimas saladas le mojaron al instante la inmaculada camisa blanca de seda.

Sabía que nada de todo aquello podía resultarle fácil a Michael, como tampoco lo había sido para ella cuando se enteró del embarazo de Rachel y de su enfermedad. Y entendía el impacto que debió causar su aparición en la galería con los gemelos.

Sí, Eva podía entenderlo, pero esto... esto no era justo. Era cruel, como había dicho, porque lo que más deseaba en el mundo era seguir con su trabajo y exhibir sus fotografías.

La zanahoria que Michael le estaba agitando delante de la cara era tan tentadora...

Pero nunca podría aceptar aquella zanahoria, porque el precio podía poner en peligro el futuro de los gemelos.

Michael no sabía qué hacer con Eva, que seguía sollozando en silencio entre sus brazos.

No tenía claro si sentirse molesto o herido porque Eva le hubiera llamado cruel. No entendía a qué se refería.

Pensó que se sentiría complacida con la propuesta.

¿Qué clase de crueldad podía haber en invitarla a exhibir sus últimas fotografías en una de las galerías Arcángel?

Michael se puso tenso al caer de pronto en la cuenta.

—Eva, ¿crees que mi proposición para que exhibas tus fotos es otro modo de indemnizarte? —murmuró—. ¿Como si estuviera comprando tu silencio respecto a Rafe a cambio de exponer tus fotos en Arcángel?

—¿Qué otra cosa podía ser? —sollozó mientras trataba de contener las lágrimas que mojaban el pecho de Michael.

¿Qué otra cosa podía ser?

Michael sabía ahora perfectamente qué estaba sintiendo.

–¿Sabes, Eva? –le preguntó con calma glacial–, desde el momento que te conocí supe que podías ser impetuosa y directa, pero no me había dado cuenta hasta ahora de que pudieras ser tan insultante como para acusarme de chantajista.

–A ti te gusta la acusación tan poco como a mí.

No, no le gustaba. Porque después de la noche anterior creía que Eva estaba empezando a confiar en él.

Pero al parecer se había equivocado.

Agarró a Eva de los brazos y la apartó de sí mientras la miraba con los ojos brillantes.

–Mírame, Eva –le ordenó con tono ronco.

Ella, que seguía con la vista clavada en la húmeda camisa, alzó las oscuras pestañas para mirarlo con sus ojos púrpura.

–Yo nunca he usado la palabra chantaje.

–¡No ha hecho falta! –Michael apretó las mandíbulas–. Estaba ahí, en tus otras acusaciones. Frialdad y crueldad –le soltó los brazos y se acercó al ventanal que daba a los Campos Elíseos–. Creí que habías llegado a conocerme un poco, Eva. Creí que habíamos llegado a un entendimiento... bueno, al diablo con lo que yo creía. ¿Por qué ibas a ser diferente a cualquier otra mujer de carne y hueso? Creo que deberías marcharte ahora, antes de que alguno de nosotros diga algo más de lo que nos podamos arrepentir.

Eva se quedó mirando a Michael, la rigidez de su postura resultaba inconfundible: hombros tensos, espalda rígida y recta, las manos metidas en los bolsillos.

Tenía un aspecto... inalcanzable. ¿Por las cosas que ella había dicho? ¿Porque Eva había dado por hecho que su oferta era un intento de chantaje por su parte para que guardara silencio?

Al ponerlo así sonaba bastante horrible, pensó Eva

torciendo el gesto. Sobre todo al darse cuenta ahora de que Michael no había dicho en realidad aquello...

¿Qué había dicho exactamente?

Que quería ofrecerle a ella, a E.J. Foster, la oportunidad de exponer sus fotografías tibetanas en la galería Arcángel que ella escogiera.

En aquella oferta no se había hecho mención alguna a los gemelos ni a Rafe, ni a nada relacionado con la situación, solo era una proposición de negocios.

¿Significaba eso que Michael solo le estaba ofreciendo la posibilidad de exponer sus fotografías sin ataduras ni condiciones adjuntas?

Eva se humedeció los labios con la punta de la lengua antes de volver a hablar. Tenía la voz rota por las lágrimas que había derramado.

—Si me he equivocado...

—Desde luego que sí —afirmó él.

Eva no se sentía en absoluto animada por la frialdad de la voz de Michael o por el modo en que le estaba dando la espalda mientras seguía mirando los Campos Elíseos.

—Entonces te pido disculpas —concluyó Eva.

—¡Qué grande por tu parte! —Michael se dio la vuelta ahora y la miró. Seguía teniendo la expresión fría y despectiva de antes—. Creo que no puedo seguir hablando de esto ahora. Eva.

—¿Tienes otra cita?

—No, pero no puedo... creo que será mejor que no sigamos hablando de esto ahora mismo —respondió Michael sin comprometerse.

Eva dio un respingo al escuchar la frialdad implacable del tono de Michael.

Estaba furioso. Y con razón, si su acusación había estado tan desencaminada.

–Entonces, ¿seguimos hablando luego? ¿En tu apartamento?

–Sí, tal vez.

Eva frunció el ceño.

–¿Tal vez?

Michael aspiró con fuerza el aire, como si estuviera tratando de controlar el temperamento.

–Llegados a este punto no creo que nos quede nada de qué hablar –Michael se encogió de hombros–. Tal vez cambie de opinión al respecto más adelante.

Eva supo entonces que aquel era el fin de la discusión para Michael. Y si su proposición había sido exclusivamente laboral, como había dicho, entonces no podía culparle por sentirse así. Fue consciente de que con unas cuantas palabras escogidas y sus lágrimas acusadoras habían logrado destruir la frágil tregua que había ido creciendo lentamente entre ellos.

–Me marcho –dijo de pronto–. ¿A qué hora volverás a cenar?

Michael apretó los labios.

–No tengo ni la menor idea –afirmó. No sabía si sería buena idea cenar aquella noche con Eva en el apartamento.

¿No había decidido un rato antes que tener a Eva y a los gemelos en el apartamento se estaba volviendo demasiado acogedor, demasiado doméstico?

Michael se dio cuenta de que no estaba de humor para nada doméstico ni acogedor aquella noche después de la desconfianza de Eva.

–Tal vez llegue tarde, así que pide algo para ti –añadió con frialdad mientras volvía a sentarse detrás del escritorio–. ¿Podrías decirle a Marie que venga cuando salgas? –remató distraídamente mientras sacaba las pruebas del próximo catálogo de la galería y se disponía a leerlas.

Eva le dirigió una última mirada antes de marcharse, consciente de que acababa de echarla.

En el despertador digital que Eva tenía en la mesilla de noche se leía las once cincuenta y uno en la oscuridad del dormitorio cuando escuchó a Michael utilizar la llave para entrar en el silencioso apartamento. Aguzó el oído y le oyó dejar caer la llave en el cuenco de cristal de la mesa del pasillo junto con la copia de la llave que le había dado a ella hacía unos días. Luego escuchó el sonido del maletín cuando lo dejó bajo la mesa antes de dirigirse en silencio a la cocina.

Y Eva fue consciente de todos y cada uno de sus suaves movimientos porque había dejado la puerta del dormitorio entreabierta para oírlo cuando se metió en la cama dos horas antes.

Después de lo que había sido una tarde larga y espantosa, seguida de una noche igual. Los gemelos habían captado su tensión cuando los recogió con Pierre y pasaron una tarde de berrinches. Y la cosa no había mejorado cuando los tres regresaron al apartamento, lanzándose comida el uno al otro cuando Eva les dio la merienda y mojándose con agua cuando los bañó.

Eva suspiró aliviada cuando llegó el momento de ponerlos en sus cunas separadas para dormir.

Y entonces se encontró con que tenía todo lo que quedaba de velada por delante...

Michael no había regresado a las nueve, y Eva no sintió deseos de pedir nada de cenar para ella. Optó por prepararse unas tostadas y terminó sintiendo lástima de sí misma cuando se sentó a comérselas en la cocina sola.

Nunca había sido una persona particularmente sociable, había compartido habitación en la universidad pero siempre había preferido la intimidad de su propio espacio tras mudarse a Londres. Los gemelos habían destrozado aquella intimidad tres meses atrás, pero entonces Eva no se sentía sola, solo agotada cuando ponía a los bebés a dormir por la noche.

Y sin embargo esta noche se sentía muy sola...

Porque en tan poco espacio de tiempo, Eva sabía que se había acostumbrado a pasar las veladas con Michael. Había llegado a valorar, a disfrutar de sus apacibles cenas juntos, de su conversación, e incluso sus silencios parecían más amigables que incómodos.

Esta noche había sido solo un enorme agujero de soledad en ausencia de Michael.

Dejando a Eva con horas y horas por delante para preguntarse dónde estaba y qué estaba haciendo...

Dudaba mucho de que hubiera estado en una reunión de trabajo durante todas aquellas horas, así que seguramente habría estado con alguien. Con otra mujer.

¿*Otra* mujer?

Con eso parecía implicar que Eva se consideraba la mujer con la que Michael tenía una relación. Y no era así.

Nunca se le ocurrió preguntarlo, y Michael tampoco le había dicho nunca si en aquel momento había alguna mujer en su vida o no.

¡Pero por supuesto que tenía que haberla!

¿Cómo podía haber sido tan estúpida como para no darse cuenta antes? Michael era un hombre guapísimo y complicado, un amante exquisito y experimentado, y además tremendamente rico. A Eva no le cabía ninguna duda de que tenía que haber más mujeres que apreciaran aquellas tres cualidades.

¿Estaría alguna de aquellas mujeres apreciando aquellas cualidades esta noche?

En realidad no era asunto suyo, reconoció Eva con pesadumbre. El hecho de que Michael le hubiera hecho el amor la noche anterior no le daba derecho a sentirse herida ni celosa porque estuviera pasando la noche con otra mujer.

Pero así era.

Se sentía increíblemente herida con solo pensarlo. Y se sentía celosa porque... porque se había dado cuenta al estar sola aquella noche en el apartamento de Michael, esperando que volviera a casa, de que se había enamorado de él.

No era el hombre adecuado para ella y era el peor momento para enamorarse de alguien, pero Eva sabía que eso era exactamente lo que había sucedido. Estaba enamorada de Michael D'Angelo, el último hombre que se permitiría enamorarse de ella, la mujer que acusaba a su hermano de ser el padre de sus sobrinos.

Eva no tenía ni idea de cómo iba a seguir en aquel apartamento con Michael hasta que Rafe regresara de luna de miel sabiendo que estaba enamorada de él. Ella no...

–¿Eva?

Todo su ser se quedó paralizado al darse cuenta de que mientras ella cavilaba, Michael había salido de la cocina, avanzó por el pasillo, vio la puerta de su dormitorio entreabierta y decidió comprobar si seguía despierta.

–No tiene sentido que finjas estar dormida, Eva,

puedo sentir cómo me lanzas tus pensamientos recriminatorios.

–¿Recriminatorios? –repitió ella desafiante abandonando toda pretensión de estar dormida. Se sentó bruscamente en la cama sin importarle que solo llevara una suave camisola de algodón blanco y unos pantalones cortos flojos. Frunció el ceño y miró hacia la silueta de Michael–. No tengo derecho a sentirme así, teniendo en cuenta que está claro que soy una invitada molesta en tu apartamento.

–Creo que lo ocurrido anoche entre nosotros invalida esa parte de la frase –Michael se pasó una mano distraída por el grueso pelo. La cabeza le estallaba con la jaqueca que llevaba dos horas padeciendo.

Una jaqueca a la que no ayudaba la imagen de Eva apenas vestida, con la melena de ébano revuelta sobre los hombros desnudos. La sangre le latió con fuerza en las venas.

–Tú...

–¿Has cenado?

–Yo... no, en realidad no –a Eva le sorprendió el repentino cambio de tema–. Solo una tostada.

Michael asintió con brusquedad.

–Voy a ir a la cocina a prepararme una tortilla. ¿Vienes conmigo?

–¿Tú tampoco has cenado esta noche?

–No –suspiró Michael.

–Pensé que habías salido a cenar.

Él sacudió la cabeza.

–He estado toda la noche trabajando en el despacho.

Eva contuvo la alegría que experimentó al escuchar aquello.

–Creía que no sabías cocinar.

–Hacer una tortilla no es cocinar –aseguró Michael–. Y no dije que no sabía cocinar, dije que no cocinaba.

–Semántica –Eva asintió. Sentía el corazón más ligero de lo que lo había sentido durante toda la noche. Porque ahora sabía que Michael no había estado con otra mujer aquella noche después de todo...

–¿Tortilla sí o no, Eva? –Michael confiaba en que la comida lo ayudaría a aliviar un poco el dolor de cabeza. Aunque lo dudaba, porque al ver a Eva tan sexy con el pelo revuelto sintió una erección dura y latente.

–Sí –Eva apartó la ropa de cama con la obvia intención de salir de la cama. Ofreciéndole a Michael una visión clara de las sedosas piernas desnudas antes de ponerlas en el suelo para agarrar la bata de la silla. Aquel corto paseo reveló que llevaba unos pantalones cortos sueltos para dormir además de la minúscula camisola blanca.

Michael se dio la vuelta bruscamente cuando su dura erección reaccionó en respuesta.

–Te veré en la cocina dentro de unos minutos.

–Yo solo voy a...

Michael no se quedó en el umbral el tiempo suficiente para escuchar lo que Eva tenía que decir. Se giró sobre los talones y regresó a la cocina. El breve atisbo de aquel atuendo para dormir tan sexy había bastado para calentarle la sangre todavía más. Se movió con gesto torcido por la cocina recopilando los ingredientes para la tortilla.

–¿Has pasado una velada agradable trabajando? –le preguntó Eva con voz ronca entrando en silencio en la cocina. Se quedó cerca de la puerta viendo cómo Michael batía los huevos en un cuenco.

–No –Michael seguía dándole la espalda–. ¿Y tú?

–No.

–¿Por qué no? ¿Se han puesto difíciles los geme-los? –Michael no tuvo que apartar la vista mientras echaba la mezcla en la sartén para ser dolorosamente consciente de cada movimiento de Eva cuando cruzó la cocina para sentarse en una de las sillas que rodea-ban la mesa del centro.

Podía olerla, aspirar aquel perfume tan propio de Eva, una mezcla de cítricos y a mujer cálida.

–Un poco. Pero no ha sido por eso. Estaba... triste por el modo en que nos hemos despedido antes –ad-mitió con tono ronco.

Michael siguió dándole la espalda mientras cerraba los ojos, contaba despacio hasta diez y se obligaba a sí mismo a no responder a aquella confesión. Si la dis-cusión de aquella tarde, las cosas que le había dicho Eva, le habían demostrado algo, era que lo mejor para los dos era que en el futuro evitara su compañía.

Y por eso se había mantenido alejado del aparta-mento aquella noche, llenando aquellas horas con tra-bajo, sin ningún interés por cenar mientras se mantenía ocupado. Y como resultado ahora le dolía la cabeza.

Titubeó un poco al llevar la primera bandeja car-gada a la mesa y ver a Eva más deseable que nunca.

–Come –le ordenó con sequedad colocándole la co-mida delante de ella en la mesa antes de darse la vuelta para cocinar su propia tortilla.

–Mm, qué buena está –murmuró Eva unos segun-dos después.

Michael emitió un gruñido de reconocimiento. No tenía ninguna gana de comerse su propia tortilla, pero la retiró de la sartén y la puso en su bandeja antes de situarse frente a Eva en la mesa de madera.

Eva se sentía todavía más desgraciada ahora que antes.

Sintió una breve alegría al saber que Michael había pasado la noche en su despacho y que no había salido, pero ahora había sido remplazada por el hecho de que al menos antes podía dudar de que Michael estuviera enfadado con ella. Pero estar ahora con él, ver y sentir su incomodidad en primera persona, le resultaba insoportable.

Tanto era así que Eva solo pudo apartar a un lado el resto de la tortilla. Michael hizo lo mismo con la suya a medida que pasaban lentamente los minutos marcados por el tictac del reloj de la cocina. Guardaron silencio, Eva porque no se le ocurría nada que decir y Michael porque al parecer no tenía nada que quisiera decirle...

Eva bajó los párpados y miró la mesa mientras escuchaba cómo la silla de Michael rascaba el suelo de baldosas. Ahora se sentía tan desgraciada que no fue capaz de evitar que las lágrimas le resbalaran suavemente por las mejillas. Maldición, había llorado más en los últimos días que en los últimos meses.

—¿Eva? —las piernas de Michael aparecieron primero a su lado, y luego el pecho y la cara cuando se puso de cuclillas para mirar su cabeza inclinada—. ¿Por qué lloras? —le preguntó deslizándole una mano por la mejilla para secarle las lágrimas.

—¿Ahora mismo? —le preguntó ella.

Michael esbozó una media sonrisa.

—Mi oferta para que expongas tu trabajo en una de las galerías Arcángel sigue en pie, Eva.

Ella alzó la vista sorprendida.

—¿De verdad?

Michael asintió.

—Sin condiciones. Ninguna —añadió muy serio.

Eva se pasó la lengua por los labios.

–Yo... eso es muy generoso por tu parte después de las cosas que te he dicho antes.

–¿Tú crees? –Michael arqueó las cejas en gesto burlón–. Estoy seguro de que mis hermanos dirían que estoy utilizando el instinto empresarial al conseguir la próxima exposición fotográfica de E.J. Foster para nuestras galerías.

A Eva se la cayó el alma a los pies. Porque tenía la esperanza de que Michael le hubiera perdonado por las cosas que le había dicho antes.

–Entiendo.

–Lo dudo –la oscura mirada de Michael recorrió su rostro libre de maquillaje mientras le apartaba el pelo de la sien–. He estado toda la noche luchando contra la idea de volver a casa y hacer esto, Eva –gimió con voz ronca–, pero ahora que estoy aquí contigo no puedo seguir luchando contra ello.

Eva tragó saliva. Michael le tomó una mano entre las suyas antes de ponerse de pie bruscamente levantando a Eva con él.

–Quiero hacerte el amor –murmuró–. ¿Tú me deseas del mismo modo?

Lo mejor que podía hacer Eva, lo más sensato, era decir que no, salir de allí, volver a su dormitorio y cerrar la puerta tras ella; no le cabía la menor duda de que Michael aceptaría que se cerrara aquella puerta como respuesta final.

Aquello sería lo sensato.

–Sí –Eva no intentó adornar aquella única palabra añadiendo nada más.

Deseaba a Michael. Locamente. Apasionadamente.

Y si esta noche era lo único que iba a tener de él, lo aprovecharía.

Capítulo 10

MICHAEL aspiró con fuerza el aire al escuchar a Eva contestar con su habitual sinceridad. Debería haberlo esperado de ella, por supuesto, pero no se había atrevido a esperar que aquella fuera su respuesta.

–¿Mi dormitorio o el tuyo? –le preguntó agarrándola con gesto posesivo de la cintura. El dolor de cabeza que le había perseguido durante toda la noche desapareció milagrosamente.

–¿Importa eso? –Eva le deslizó despacio las manos por la camisa antes de mover los dedos hacia el pelo de la nuca.

No, no importaba dónde, reconoció Michael. Lo único que importaba en aquel momento era hacer el amor con Eva, una necesidad que le tenía consumido desde la noche anterior.

–Sea cual sea el dormitorio que escojamos, creo que estás demasiado vestido para lo que tenemos en mente –bromeó ella.

Los dos debían estar un poco ridículos, reconoció Michael a regañadientes. Eva iba vestida con ropa de dormir y él llevaba todavía la camisa de seda blanca, chaleco y pantalones del traje de tres piezas que había llevado al trabajo aquella mañana. La chaqueta estaba en el respaldo de una de las sillas de la cocina.

–Primero una ducha –aseguró–. Algunos llevamos

trabajando todo el día y toda la noche –columpió suavemente a Eva entre sus brazos.

–¡Guau! –se rio ella pasándole los brazos por el cuello para sujetarse mientras Michael salía de la cocina con ella en brazos y se dirigía por el pasillo hacia el dormitorio.

No se detuvo demasiado al otro lado de la puerta, se limitó a abrirla con el pie y entró en la habitación en penumbra para pasar directamente al baño adyacente.

Eva abrió los ojos de par en par.

–¿Voy a ver cómo te duchas?

–Vas a ducharte conmigo –le corrigió Michael.

–Yo ya me he duchado esta mañana –protestó Eva riéndose cuando él la dejó encima de la cómoda antes de acercarse a encender la luz y abrir el agua. La ducha de cristales ahumados era tan grande que ocupaba casi la mitad del espacioso cuarto de baño. Las baldosas de la pared y del suelo eran de terracota color crema, con grifería de oro en la ducha y en el lavabo de doble seno. Había media docena de toallas color dorado en el calentador.

–No, conmigo no –afirmó Michael con satisfacción sosteniéndole la mirada mientras se quitaba la corbata. Luego se desabrochó el chaleco y también se lo quitó. Dejó ambas prendas sobre el estrecho banco de mármol que recorría una de las paredes.

Eva estaba fascinada al ver cómo Michael se desabrochaba despacio la camisa antes de sacársela por los hombros y los brazos. Los músculos del bronceado pecho se le movieron cuando la camisa se unió a la creciente pila de ropa. No podía pensar en nada más que en la ducha que Michael estaba sugiriendo que se dieran juntos.

Tenía un torso magnífico. Aceitunado, con vello sedoso y oscuro en el centro del pecho, sin un gramo de grasa superflua...

Eva contuvo el aliento cuando Michael deslizó las manos hacia sus pantalones para bajarse la cremallera. Las mejillas se le sonrojaron y Eva volvió a mirarlo a la cara.

–¿No te parece que esto es justo después de lo de anoche? –le preguntó él.

Cuando Eva estaba completamente desnuda y Michael seguía vestido.

–Sí –reconoció ella con voz ronca, agradecida por lo que estaba haciendo. Y dispuesta a no apartar la mirada cuando Michael se quitó primero los zapatos y los calcetines antes de sacarse también los pantalones. Ahora solo llevaba unos boxers negros que se le ajustaban a las esculpidas caderas y a las musculosas piernas.

Unos boxers que hacían poco por esconder el largo bulto de su erección.

Y de pronto ya no escondían nada porque Michael estaba completamente desnudo frente a ella con la erección surgiéndole del tirante abdomen.

Michael resultaba impresionante desnudo.

Eva no fue consciente de que se estaba pasando la lengua por los labios al clavar la mirada en aquella masculinidad aceitunada. Su grueso y enorme mástil parecía crecer y aumentar todavía más bajo su mirada.

–Dios, Eva...

Ella alzó la mirada hacia el rostro de Michael al escuchar el deseo en su tono ronco. Jadeaba ligeramente, tenía todo el cuerpo tenso y los puños apretados, como si estuviera esperando a ver qué hacía a continuación. Eva sabía lo que quería hacer...

Lo que iba a hacer.

La noche anterior había deseado tocar y saborear a Michael del mismo modo íntimo que lo había hecho él. Del mismo modo que su excitada desnudez la invitaba ahora a tocarlo y saborearlo...

Eva le mantuvo la mirada mientras se bajaba despacio de encima de la cómoda antes de acercarse descalza por las baldosas calientes hacia él. Bajó la vista al detenerse a escasos centímetros de Michael y deslizarle las yemas de ambos dedos por el pecho y el estómago antes de envolver con ellos la suavidad de su erección.

–Eva... –Michael gimió. Apretó los puños con más fuerzas mientras alzaba instintivamente las caderas hacia adelante.

Eva se puso lentamente de rodillas delante de él sobre las cálidas baldosas, pasándose una vez más la lengua por los labios. Le pasó la suave almohadilla del pulgar por la punta de su erección. Sosteniéndole la mirada, se llevó el pulgar a la boca.

Sabía delicioso, ligeramente salado, con un aditivo dulce que seguramente sería único de Michael.

Fuera lo que fuera, quería saborearlo más. Se acercó más a aquella cabeza tan sensible y entreabrió los labios para tomarlo completamente con la boca.

–Eva, no creo que pueda... ¡Cielos! –Michael gimió en éxtasis cuando Eva se lo introdujo todavía más en la boca, deslizándole la lengua en erótico movimiento.

Ella repitió la misma caricia una y otra vez, lamiéndolo, chupándole mientras lo succionaba más y más profundamente sin dejar de sujetarle con los dedos, marcando el ritmo.

–Ya no más, Eva... –Michael movió las manos para

sujetarles los hombros. Los ojos le brillaban al mirarse en los suyos–. Si no paras ahora no voy a durar. Y quiero estar dentro de ti cuando llegue. Por favor, Eva... –le suplicó.

Los hombros de Eva se relajaron bajo sus manos cuando se quedó de cuclillas deslizándole lentamente la lengua por la longitud de su erección hasta que le soltó.

Michael se rio entre dientes al ver la mirada de reproche de Eva mientras le colocaba las manos en los codos y la ayudaba despacio a ponerse de pie.

–Te aseguro que detenerte me duele más a ti que a mí –le dio un toquecito juguetón en la nariz, gimiendo suavemente al ver cómo Eva se pasaba la lengua por los labios como si quisiera saborear un poco más de él.

Eva no había querido parar, estaba completamente excitada por besar y saborear a Michael, le dolían los pechos por la excitación, sentía la unión de los muslos caliente y húmeda, los labios hinchados por el deseo.

Tembló ligeramente cuando Michael le quitó la bata por los hombros y la dejó caer al suelo antes de mirarle los redondos senos cuando se le pegaron contra la suave tela de la camisola. Eva no tuvo necesidad de mirarse los pezones para saber que los tenía excitados y del tamaño de las moras maduras.

Michael no recordaba haber visto nunca nada tan sexy como estaba ahora Eva con aquella sencilla camisola blanca y los pantalones cortos negros. Más sexy y más deseable que cualquier modelo de lencería.

Había algo tremendamente bello y femenino en el modo en que los pantalones cortos le caían por las delgadas caderas.

Michael le mantuvo la mirada mientras le sacaba

la camisola por la cabeza, dejándola en el suelo con la bata mientras se llenaba la vista con aquellos senos desnudos y perfectos. Unos globos llenos que ya sabía que cabían perfectamente en sus manos.

Inclinó la cabeza lentamente para besarle cada uno de los pezones mientras le introducía los dedos en la parte superior de los pantalones cortos y se los bajaba por las caderas y los muslos. Pudo escuchar el olor de la dulce excitación de Eva cuando se puso de rodillas delante de ella y ocultó el rostro entre sus rizos de ébano.

–¡No es justo! –protestó Eva apartándose de él–. Si tú no lo haces, yo tampoco. Además, la habitación está llena de vapor por la ducha, ¡y piensa en toda el agua que estamos desperdiciando!

Michael sonrió y la tomó en brazos para llevarla a la ducha con mampara de cristal. Eva jadeó en protesta cuando la puso debajo del chorro de agua caliente. Ambos quedaron empapados en cuestión de segundos.

Michael la besó con avidez mientras Eva deslizaba su cuerpo por la longitud del suyo. Se sentía completamente mareada por el placer cuando Michael dejó de besarla y agarró el bote de gel, sosteniéndole la mirada mientras empezaba a lavarla y a acariciarla. No dejó ni un centímetro de su cuerpo por recorrer.

–Ahora me toca a mí –murmuró ella disponiéndose a bañar a Michael del mismo modo íntimo.

Michael aguantó aquellas caricias deliberadamente eróticas todo el tiempo que pudo hasta que finalmente le quitó el bote de gel a Eva de las manos y volvió a ponerlo en la repisa. Cerró el grifo de agua antes de tomarla en brazos una vez más para salir de la ducha.

Se dirigió al dormitorio de al lado sin agarrar ninguna de las toallas doradas del calentador.

–¡Vamos a empapar la cama! –protestó Eva sin muchas ganas cuando Michael la dejó sobre la colcha antes de unirse a ella.

–¿Y qué más da? –preguntó Michael besándole la columna del cuello antes de fijar toda la atención en aquellos senos plenos y tentadores, el vientre y más abajo todavía.

–Te necesito dentro de mí, Michael –gimió Eva unos minutos más tarde. Tenía el rostro sonrojado por la excitación y le brillaban los ojos de deseo–. Por favor.

Michael todavía podía saborear a Eva cuando se colocó despacio entre sus muslos abiertos antes de posicionarse en la entrada de su cuerpo con las manos en sus caderas y la mirada clavada en la suya mientras intentaba entrar muy lentamente en su piel de seda.

Apretó los dientes en un esfuerzo por mantener el control mientras el calor de su canal lo rodeaba, lo reclamaba, la atraía hacia su interior cada vez más y más, hasta que Michael supo que había tocado su centro.

Eva gimió de placer cuando la boca de Michael reclamó la suya mientras su erección la llenaba por completo, estirándola mientras empezaba a salir y a entrar. Se le agarró a los hombros y alzó las piernas para recibir cada uno de sus embates. Eva se perdió en la felicidad de su posesión y gimió cada vez más alto agitando la cabeza a un lado y a otro de la almohada hasta que soltó un grito cuando el placer la atravesó por completo. Michael gritó al mismo tiempo y arqueó la espalda echando la cabeza hacia atrás.

Unos minutos más tarde solo quedaba el calor y el poso de la sensación. El sonido de sus respiraciones agitadas inundaba el aire pesado que ahora los rodeaba.

Eva nunca había experimentado nada tan... nunca pensó que algo pudiera ser así de...

–Dios mío, ¿qué he hecho? –gimió de pronto Michael sosteniendo el peso de su cuerpo en los codos al levantar la cabeza para mirarla–. Lo siento mucho, Eva. No sabía... nunca quise llevar las cosas tan lejos.

Eva lo miró sin entender nada, estaba todavía demasiado saciada por la intensidad de lo sucedido como para saber qué estaba diciendo.

Michael tenía una expresión seria cuando la miró durante varios segundos antes de sacudir la cabeza.

–Lo siento de veras, Eva –murmuró–. Esto ha sido...

–¿Otro error? –Eva se había recuperado ahora lo suficiente como para darse cuenta de que la expresión de Michael no era la de un amante satisfecho.

Él apretó los labios.

–Yo no he dicho eso...

–¡No hace falta! –las lágrimas de humillación le ardían y le nublaban la visión cuando se dio la vuelta–. Creo que tienes que salir de mí –le ordenó sin mirarlo, incapaz de creer que hacía solo unos segundos hubieran estado...

Eva se había equivocado al pensar que podría estar pasando algo entre ellos. Aunque ella supiera que estaba enamorada de Michael, con las cosas que él le había dicho demostraba que solo la deseaba, y que ahora consideraba incluso que había sido un error.

–Tú no lo entiendes, Eva...

–Oh, lo entiendo perfectamente –aseguró ella mirándolo con despecho–. Y ahora, retírate de mí...

–No he usado preservativo, Eva –le recordó Michael retirándose lentamente de ella antes de rodar por la cama y tumbarse a su lado, disgustado consigo mismo por haberse dejado llevar por el placer de tal modo como para hacerle el amor a Eva sin protección.

Aquello no le había sucedido desde aquella situación con Emma catorce años atrás, y no tendría que haberle pasado ahora. Lo último que Eva necesitaba en su vida en aquel momento era quedarse embarazada, cuando ya estaba agotada y completamente atada al cuidado de los gemelos de su hermana.

–Eva...

–¡No! –le advirtió Eva sentándose en un lado de la cama antes de girarse para mirarlo con odio–. Tienes suerte, Michael –aseguró burlona–, porque no solo estoy libre de cualquier enfermedad, sino que además estoy tomando la píldora por razones de salud.

Eva se dio cuenta del alivio que suponía su afirmación para Michael, quien cerró los ojos un instante y soltó un breve suspiro de satisfacción.

Eva se dio la vuelta bruscamente para ocultar las lágrimas que una vez más le nublaban la visión. Esta vez eran lágrimas de dolor.

–Esto es todavía más humillante que lo de anoche –Eva dijo en voz alta lo que pensaba.

–¿Qué razones de salud? –preguntó Michael.

–Nada serio, solo periodos irregulares y dolorosos. Has tenido suerte –se incorporó de golpe para ir al cuarto de baño. Se puso la bata para cubrir su desnudez mientras recogía el resto de la ropa, decidida a no llorar. No lo haría hasta que estuviera a solas en su cuarto.

–Eva...

–¿Puedes dejarlo estar, Michael? –se giró para mirarlo con rabia–. Esto ha sido un error. Y tanto si te gusta como si no, mañana reservaré un vuelo para los gemelos y para mí. Volvemos a Inglaterra.

–Pero...

–No hay discusión, Michael –los ojos de Eva brillaron brevemente antes de salir del dormitorio para dirigirse al suyo.

Michael escuchó cómo cerraba la puerta tras ella unos segundos más tarde.

Gimió y se dejó caer sobre la cama, consciente de que había manejado mal la situación.

Desde el principio.

Quizá si hubiera intentado explicarle lo de Emma, contarle a Eva lo que le sucedió en el pasado, entendería su desconfianza hacia las mujeres, su obsesión por los métodos anticonceptivos...

No, se dijo. Si hubiera intentado contarle a Eva eso ahora no le habría entendido y la brecha entre ellos se habría abierto todavía más. Si iba a explicarle lo de Emma, lo de su sórdido pasado y que aquella noche su preocupación había sido por ella, no por él, tendría que esperar a que Eva se calmara.

Si es que alguna vez llegaba a hacerlo...

Capítulo 11

A LA MAÑANA siguiente Eva se movió como en piloto automático. Se despertó al escuchar a los gemelos llamándola, se puso la bata y fue a la habitación de al lado. Luego los llevó a la cocina y los puso en las tronas mientras les preparaba el desayuno y hablaba con ellos.

Y durante todo el tiempo fue consciente de la presencia de Michael, que estaba sentado al otro lado de la mesa de la cocina tomándose un café de la cafetera que sin duda había preparado antes. Ya estaba vestido con el traje de tres piezas, camisa de seda azul pálido y corbata.

Tan consciente era de él que se sentía completamente entumecida por dentro.

La noche anterior había sido preciosa, increíble, un placer como ninguno de los que Eva había experimentado.

Y con un final también más doloroso de lo que Eva había experimentado jamás.

Porque Michael había dejado claro que no le había hecho el amor porque se estuviera enamorando de ella. No, Michael la deseaba, y había satisfecho aquel deseo la noche anterior. Hasta el punto que su única respuesta después fue preocuparse de haberla dejado embarazada.

–No tengo más opción que ir esta mañana un rato

al despacho –murmuró Michael en voz baja–. Pero solo el tiempo suficiente para organizarlo todo y que Pierre se ocupe de mis citas del día. Te agradecería que no salieras antes de que tú y yo podamos hablar otra vez.

Eva sacudió la cabeza.

–Sé desde hace tiempo que la única razón por la que insististe en que me quedara en tu casa fue para evitar que le repitiera a alguien más la acusación sobre la paternidad de los gemelos.

–Es verdad –reconoció Michael con un suspiro–. Pero hemos avanzado desde entonces...

–Yo no –le aseguró ella–. Y te doy mi palabra de que no haré ni diré nada más hasta que vuelva a saber algo de ti o de tu hermano Rafe. Pero me marcho de aquí hoy, Michael, tanto si te gusta como si no –añadió con firmeza.

A Michael no le gustaba, sabía que Eva y él tenían mucho que decirse el uno al otro antes de pensar siquiera en dejarla ir.

Se puso bruscamente de pie.

–Volveré a última hora de la mañana, Eva, y espero que tengas la cortesía de no marcharte hasta que hayamos hablado otra vez.

Eva curvó los labios en gesto despectivo. Unos labios que Michael había besado la noche anterior...

–¿No es un poco tarde para formalidades educadas entre nosotros dos? –le espetó ella.

Michael apretó los labios.

–Seguramente –reconoció–. Pero de todas formas te lo pido.

Eva alzó la vista para mirarlo durante unos segundos más antes de dejar escapar un largo suspiro.

–De acuerdo –asintió a regañadientes–. Pero es a

lo único que me comprometo. Tengo intención de reservar esos vuelos hoy, Michael. Y ahora, cuanto antes de vayas, antes volverás y antes podré marcharme yo.

–Debería estar de vuelta dentro de una hora más o menos –confirmó.

–No hace falta que te apresures por mí –le soltó ella.

Michael se preguntó cómo era posible que hubieran pasado de hacer el amor de forma tan increíble la noche anterior a la frialdad de esta mañana.

Porque él se había comportado como un idiota, fue la respuesta que surgió al instante. Porque no se había explicado con Eva adecuadamente la noche anterior. Porque tenía que haber insistido para que escuchara lo que tenía que decir. Pero no lo hizo.

Y no sabía si Eva le permitiría enmendar aquella omisión esta mañana.

Una hora menos un minuto más tarde sonó el timbre del apartamento. Eva dejó a los gemelos en el parque antes de ir a abrir.

–¿Se te han olvidado las llaves o...? –se detuvo con el ceño fruncido al ver que no era Michael quien estaba en el pasillo–. ¿Pierre? –preguntó vacilante–. ¿Le ha pasado algo a Michael?

Tal vez estuviera enfadada con él, decepcionada, pero seguía amándolo y se moriría si algo le pasara.

–No, no le he visto esta mañana –Pierre frunció el ceño–. No he pasado todavía por la galería.

Eva sacudió la cabeza desconcertada.

–Entonces no entiendo...

–No, claro que no –el francés suspiró y se pasó la

mano por el pelo revuelto–. Es contigo con quien quiero hablar –añadió muy serio.

–¿Conmigo? –Eva observó más de cerca a Pierre y se dio cuenta de que tenía un aspecto algo desaliñado. Estaba pálido, sin afeitar y parecía que hubiera dormido con el traje que tenía puesto.

–¿De qué se trata, Pierre?

–Preferiría no hablar de ello en el pasillo... ¿puedo pasar, por favor? Te prometo que seré breve.

Eva no estaba muy segura de que fuera buena idea invitar a Pierre a entrar en el apartamento de Michael teniendo en cuenta cómo había reaccionado la última vez que le vio hablando a solas con su asistente. Pero como seguía enfadada con Michael y se iba a marchar de París aquella tarde, ya que había conseguido tres plazas en el vuelo a Londres, no le importaba lo que Michael pensara si llegaba a casa y le encontraba hablando a solas con Pierre.

–Por supuesto, pasa –se apartó para abrir más la puerta y que Pierre entrara. Aunque no tenía ni idea de qué querría hablar con ella...

Michael estaba de muy mal humor cuando volvió a su apartamento dos horas más tarde, la mañana no había transcurrido en absoluto como esperaba. Primero la conversación con Eva, su insistencia en marcharse aquel día. Y luego Pierre no había aparecido en el trabajo, así que tuvo que llamar a su mujer, quien le informó que Pierre tampoco estaba en casa, así que debía ir de camino a la galería.

Michael se quedó en la galería otra media hora esperando que llegara y se explicara por su tardanza, consciente de que Eva podría estar ahora camino del aeropuerto. No le cabía la menor duda de que si había algún vuelo disponible Eva lo tomaría sin importarle que Michael quisiera hablar con ella antes de que se fuera.

Al final Michael terminó por marcharse y dejó a una perpleja Marie a cargo de la galería mientras él corría a su apartamento para encontrarse con Eva. O eso esperaba.

El apartamento estaba extremadamente silencioso cuando entró en el vestíbulo. Un silencio que antes le habría llenado de satisfacción, pero que en aquel momento solo consiguió ponerle nervioso. Era demasiado tarde. Eva ya se había marchado y se había llevado a los gemelos con ella.

Dejó caer los hombros en gesto derrotado cuando entró en el salón. Durante un instante no dio crédito a lo que veía al mirar a los gemelos plácidamente dormidos en la silla. A su lado había dos maletas y Eva estaba sentada en una de las butacas, tan pálida y hermosa como una estatua de Bellini.

–¿Eva?

Ella se giró para mirarlo. Sus ojos eran dos pozos púrpura sobre el alabastro de su rostro.

–Todo ha terminado, Michael –dijo con voz carente de emoción.

A él le dio un vuelco el corazón dentro del pecho.

–Al menos dame la oportunidad de explicarme...

–No tienes nada que explicar, Michael –le aseguró Eva con el mismo tono neutro–. Ya no –se giró hacia él–. Mi taxi llegará dentro de unos minutos, pero me alegro de tener la oportunidad de hablar contigo antes de irme. Para disculparme –dejó escapar un suspiro–. Tú tenías razón, Michael. No fue Rafe.

Él la miró sin entender nada.

–¿A qué te refieres?

Eva seguía sin mirarlo al sonreír con tristeza.

–Rafe no es el padre de los gemelos.

–¿Cómo puedes saberlo?

–Porque esta mañana ha venido a visitarme el hombre que sí lo es.

Michael sacudió la cabeza.

–¿Qué? ¿Quién? ¿Cómo ha llegado a mi casa? –le preguntó–. ¡Nadie sabe que estás aquí!

Eva seguía sin poder mirar a Michael, pero escuchó la confusión en su tono de voz.

–¿Has visto a Pierre esta mañana en la galería? –le espetó.

Michael dio un respingo.

–No, hoy no ha venido a trabajar... ¿Pierre? –repitió–. ¿Me estás diciendo que Pierre es el padre de los gemelos? –abrió los ojos de par en par.

Eso era justo lo que Eva le estaba diciendo.

Pierre Dupont. Pierre Dupont el casado. Pierre Dupont el casado y padre de dos hijos. Y ahora, al parecer, el padre de cuatro.

Eva se levantó inquieta.

–Al parecer no me había relacionado con Rachel hasta que mencioné su nombre ayer. Cuando se quedó cuidando a los gemelos, se dio cuenta de que... –suspiró profundamente–, se dio cuenta de que aparte del color de ojos, Sam y Sophie se parecían mucho a sus otros dos hijos. Entonces hizo las cuentas y descubrió que él es el padre de los gemelos. Fue él quien tuvo una aventura con Rachel cuando ella estuvo en París el año pasado, Michael. Se conocieron aquí, en la galería, y como Pierre está casado le dio un nombre falso...

–Rafe D'Angelo...

–Sí –le confirmó Eva–. Estaba convencido de que ella nunca se enteraría de que le había mentido –añadió con amargura–. Al parecer lo había hecho con anterioridad, muchas veces de hecho, y después del primer día siempre se las arreglaba para quedar con aquellas mujeres a cenar o a comer lejos de la galería.

Eva todavía estaba bajo el impacto de la confesión que Pierre le había hecho aquella mañana. ¿Cómo no iba a estarlo, si Rachel le había dicho con toda claridad que el padre de sus hijos era Rafe D'Angelo?

Ahora que Eva conocía la verdad, el guapo y encantador Pierre era justo la clase de hombre por el que Rachel se habría sentido atraída.

Aquello explicaba por qué cuando Eva pensó que Michael era Rafe le costó tanto imaginárselo con Rachel. Michael tenía un carácter demasiado complejo para el gusto de su hermana.

Pero desgraciadamente, no para el de Eva...

Amaba a Michael con todas aquellas complejidades. Tal vez lo amaba por aquellas complejidades; desde luego era un hombre que nunca la aburriría, como habían hecho muchos hombres en el pasado. En cuanto al modo de hacer el amor... Michael era tan complejo en aquello como en todo lo demás, lo que profundizaba la conexión mucho más allá de lo físico. Hasta un punto que Eva sabía que ningún hombre alcanzaría el grado de pasión y de placer que había compartido con Michael la noche anterior.

Nada de eso alteraba el hecho de que se había equivocado. Rafe D'Angelo no era el padre de los gemelos después de todo.

Los niños y ella habían estado en el apartamento de Michael bajo una farsa.

No podía permanecer allí ni un minuto más, tenía que marcharse antes de venirse completamente abajo.

–Así que estuve equivocada desde el principio y tú tenías razón. Rafe no es el padre de los gemelos –repitió–. Y te pido disculpas por cualquier problema que haya podidos causaros a ti y a tu familia.

–Eva...

–Los gemelos y yo vamos a volver a Inglaterra en el vuelo de la tarde –se inclinó para agarrar el bolso del respaldo de la silla en la que unos minutos atrás estaba sentada–. El taxi llegará en cualquier momento para llevarnos al aeropuerto, así que...

–¡Eva, lo siento!

No lo miró, no se sentía en absoluto alentada por la gravedad de la expresión de Michael cuando la miró con sus negros ojos.

–No tienes nada que sentir, Michael –sacudió sin ganas la cabeza–. Cometí un error... Dios, cuando pienso en lo que podría haber hecho si no me hubieras detenido... –gimió–. Podría haber irrumpido en la vida de Rafe con mis acusaciones y haber arruinado su matrimonio.

Michael era muy consciente de ello, y por eso se había comportado como lo hizo. Pero eso no era lo que le preocupaba ahora.

–¿Qué va a hacer Pierre al respecto?

Eva cerró los ojos e hizo un esfuerzo por que no le cayeran las lágrimas.

–Iba a hablar con su mujer. Lo confesará todo, supongo, incluido el hecho de que es un adúltero en serio. Sam y Sophie son la prueba que lo demuestra.

–¿Cómo cree que reaccionará su mujer ante la noticia de la existencia de los gemelos?

Eva sonrió con amargura cuando volvió a abrir los ojos.

–No tiene la menor idea. Al parecer se ha pasado la noche en vela pensando en qué debe hacer. Finalmente decidió venir a verme esta mañana y confesarlo todo –Eva torció el gesto–. Confesarle sus infidelidades a su mujer le va a resultar un poco más difícil.

–Se lo merece –Michael estaba disgustado con el comportamiento de su asistente, no solo por usar la galería Arcángel para conocer mujeres sino por usar el nombre de su hermano.

Michael pensó que tal vez los tres hermanos tuvieran algo de culpa en esto último. Ninguno de ellos había pasado en ninguna de las galerías el tiempo suficiente para darse cuenta del engaño de Pierre. Algo que Michael tenía intención de solucionar cuando hablara con sus hermanos. Aunque el hecho de que ahora todos tuvieran base en una única galería, Gabriel en Londres con Bryn, Rafe en Nueva York con Nina y Michael en París aseguraría que no volviera a suceder algo parecido.

En aquel momento lo que más le importaba eran Eva y los gemelos.

–¿Cuáles son las opciones?

Eva tragó saliva.

–Que su mujer se divorcie y se lleve a sus dos hijos con ella. Que se quede con él y los dos decidan seguir como hasta ahora. O... o que se quede con él y esté de acuerdo en aceptar a los gemelos en la familia.

–¡Por encima de mi cadáver! –explotó Michael cruzando la habitación para sujetar a Eva de los brazos–. Eso no va a pasar, Eva. No lo permitiré –afirmó con rotundidad.

Ella sacudió la cabeza.

–¿No fue justo eso lo que me dijiste que podría pasar si Rafe era el padre?

–Eso fue antes de conocerte mejor. Antes de darme cuenta de lo entregada que estás a Sam y Sophie. De los sacrificios que has hecho para estar con ellos –la expresión de Michael se suavizó al mirar a los bebés dormidos–. Los quieres como si fueran tuyos.

–Sí. Bueno –Eva se aclaró la garganta porque se le quebró la voz–. El caso es que no son míos –suspiró–. Y Pierre y su mujer tienen una familia ya formada que ofrecerles...

–¡Una familia formada por un padre mujeriego y una madre sufridora!

Ella se encogió de hombres con gesto tenso.

–Pero seguramente el juez considere eso mejor opción para el futuro de los gemelos que una mujer sola.

–Eso no va a pasar, Eva –murmuró Michael.

Ella lo miró con recelo.

–Entiendo que eres un hombre poderoso, Michael, pero creo que ni tú puedas impedirlo si es lo que Pierre y su mujer deciden.

–Encontraré la manera. Nadie te va a quitar a los gemelos –le aseguró él–. Ahora son tus hijos.

Eva sonrió con tristeza.

–Es muy amable por tu parte decir eso después de lo que pensaste inicialmente de mí...

–¡Me equivoqué, maldita sea!

–Pero eso no cambia el hecho de que Pierre sea su padre biológico –le recordó Eva.

Michael apretó los labios.

–¿En qué has quedado con Pierre?

Ella suspiró pesadamente mientras sacudía la cabeza.

–Le dije que tengo intención de dejar París hoy y

le dejé mi dirección de Londres para que se ponga en contacto conmigo cuando sepa qué quiere hacer –las lágrimas volvieron a nublarle la visión–. Necesito volver a Inglaterra, a casa. Siento... siento que los gemelos y yo estaremos más seguros allí –se incorporó con gesto decidido al escuchar el timbre de la puerta–. Ese debe ser mi taxi.

Michael torció el gesto.

–Te llevaré al aeropuerto.

–Preferiría que no lo hicieras –le atajó Eva–. Será mejor que nos despidamos aquí, Michael. Has sido muy amable y...

–No soy amable.

–Sí lo eres –insistió ella–. Bajo esa armadura de frialdad se esconde la persona más amable que he conocido en mi vida. Los gemelos te adoran –añadió–. Tengo que irme ya –dijo cuando volvió a sonar el timbre.

Michael se sintió incapaz de detenerla al ver su expresión decidida.

–¿Y qué pasa con la exposición de E.J. Foster?

Eva se acercó a la silla de los gemelos.

–Si la propuesta sigue en pie...

–Así es.

Ella asintió.

–Entonces estaremos en contacto –dijo Eva mientras Michael le sacaba las dos maletas–. Te llamaré –abrió la puerta. Fuera esperaba el taxista.

–Bajaré las maletas.

–Preferiría que no lo hicieras, Michael –Eva se giró para mirarlo con los ojos llenos de lágrimas. Se puso de puntillas y le dio un beso fugaz en la mejilla–. Odio las despedidas, ¿tú no? –murmuró antes de seguir al taxista por el pasillo rumbo al ascensor sin volverse para mirarlo.

Michael nunca había pensado realmente en ello hasta ahora, pero cuando Eva y los gemelos se subieron al ascensor supo que odiaba aquella despedida al menos. No quería despedirse de ellos.

Con toda aquella precipitación por ir al aeropuerto, Michael no había tenido oportunidad de hablar con Eva sobre los malentendidos de la noche anterior.

Aparte, Michael tenía toda la intención de resolver aquella situación con Pierre antes de volver a hablar con Eva...

Capítulo 12

¿MICHAEL?

Eva abrió los ojos de par en par sin disimular la sorpresa al abrir la puerta del apartamento y encontrarse con él en el pasillo del edificio victoriano algo decadente en el que llevaba tres años viviendo.

Habían pasado cuatro días desde que dejó París y volvió a Inglaterra con los gemelos. Cuatro largos y opresivos días en los que había echado tanto de menos a Michael como había temido tener noticias de Pierre relacionadas con el futuro de los gemelos.

Volver a ver a Michael era más maravilloso de lo que nunca imaginó. Iba vestido con una camisa azul pálido desabrochada al cuello, chaqueta negra y vaqueros desteñidos. Le había echado de menos como nunca imaginó.

Y también lo amaba como nunca imaginó...

–¿Vas a invitarme a entrar? –le preguntó él.

–Por supuesto –Eva se echó a un lado para abrir más la puerta y que pudiera entrar antes de cerrar tras él–. Vamos al salón –sugirió abriendo camino.

–¿He llegado a la hora de la siesta? –Michael miró a su alrededor. La estancia, silenciosa y vacía, reflejaba el calor de la personalidad de Eva. Los colores eran una mezcla de rosa pálido a crema, con cojines de muchos tonos en el sofá y en las sillas y con sus fotos enmarcadas adornando las paredes.

–¿Cómo lo has sabido? –se rio ella entre dientes indicándole una butaca para sentarse.

Michael se quedó de pie y dejó de mirar las fotos para fijarse mejor en Eva. Se dio cuenta de que tenía las ojeras muy marcadas y parecía más delgada que nunca, sin duda un signo de la preocupación por el futuro de los gemelos.

–¿Cómo estás? –le preguntó.

Ella sonrió.

–Todo lo bien que se puede esperar. Todavía no he sabido nada de Pierre.

Michael estiró la espalda.

–Esa es una de las razones por las que estoy aquí –aseguró él–. Pierre ha decidido renunciar a cualquier derecho sobre los gemelos y te permite adoptarlos formalmente. ¿Te parece bien?

Eva sintió una oleada de alivio. Los ojos se le llenaron de lágrimas y empezó a sollozar.

–¿Eva?

–Estoy bien –le tranquilizó–. ¿Qué ha pasado?

–Pierre vino ayer a mí y me dijo que su mujer y él habían hablado largamente del tema durante tres días y habían decidido darle otra oportunidad a su tambaleante matrimonio. Pero no con los gemelos como constante recordatorio de la infidelidad de Pierre. Podría habértelo dicho ayer por teléfono –añadió Michael–, pero esperé hasta hoy para poder venir a contártelo en persona.

Eva estaba demasiado aliviada como para que le importara.

–¿Y no cambiará de opinión? –preguntó insegura.

–Me ha asegurado que no –afirmó Michael–. Yo le he comunicado mi decisión de que no quiero que vuelva a trabajar en ninguna de las galerías Arcángel, pero le he buscado trabajo en otra galería. Al parecer siempre quiso vivir en Roma, y sería mejor para su matrimonio que empezaran de cero en otro sitio. En cuanto supe la decisión de Pierre contacté con mis abogados. Los papeles de la adopción legal están en la oficina de Londres, a la espera de ser firmados.

Eva apenas podía respirar, no podía creer lo que Michael había hecho por ella y por los gemelos a pesar de la falsa acusación de paternidad de la semana anterior. Los ojos se le volvieron a llenar de lágrimas, pero esta vez eran lágrimas de felicidad. Los gemelos iban a ser realmente suyos, nadie podría quitárselos nunca.

–¡Y tú dices que no eres amable! –le recordó a Michael entre las lágrimas.

–No lo soy –la miró fijamente–. ¿Y si te digo que mis razones para hacer esto, para estar hoy aquí, son completamente egoístas?

Eva sacudió la cabeza confundida.

–¿Qué puedes ganar tú ayudándome a adoptar a los gemelos?

Había llegado el momento de la verdad, pensó Michael. De contar por qué estaba allí ahora. Su apartamento de parís parecía una morgue, tal y como esperaba que sería tras la partida de Eva: silencioso, frío y vacío. Muy vacío.

Y lo había odiado.

Sentía la ausencia y el calor de Eva como una maldición.

Y ahora no podía seguir soportando la distancia que había entre ellos, así que se puso en cuclillas delante de la silla de Eva antes de tomar una de sus manos entre las suyas.

–Eva, hay un detalle del formulario de adopción que todavía no se ha completado.

–¿Y eso? –ella volvió a adquirir una expresión recelosa.

–No es nada de lo que debas preocuparte –le aseguró Michael–. Yo solo quería...Eva, la otra noche no me entendiste –le soltó la mano y se incorporó–. El motivo de mi preocupación cuando no usamos preservativo la otra noche fue por ti, no por mí. Ya tienes a los gemelos y todavía eres muy joven, pensé que un embarazo no deseado sería una mala idea ahora mismo. Para ti y para mí –añadió.

Eva se sonrojó y le apartó la mirada.

–No te entiendo –tragó saliva.

Michael dejó escapar un suspiro.

–Hay algo que necesito decirte y preguntarte, pero antes quiero explicarte lo que me sucedió hace catorce años.

–No me debes ninguna explicación.

–En aquel entonces tenía veintiún años –continuó él con firmeza–. Era uno de los hermanos D'Angelo, algo salvaje, un poco ingenuo y sin duda muy pagado de mí mismo. El caso es que tuve una relación con una compañera de universidad. Se llamaba Emma. Lo pasamos bien juntos y yo creí que estaba enamorado. Y cuando un día llegó y me dijo que estaba embarazada, yo... no, esto no es una historia bonita, Eva –reconoció.

Seguro que no, pensó Eva, pero estaba empezando a sospechar que esa era la razón por la que Michael no confiaba en las mujeres. Le había sucedido una vez, y no estaba dispuesto a volver a arriesgarse.

Pero lo había hecho...

Con ella.

No, ella no estaría embarazada porque estaba tomando la píldora, pero Michael no lo sabía en aquel momento.

–Sigue –lo animó con dulzura.

Michael asintió.

–Le pedí que se casara conmigo. Estábamos preparando la boda cuando ella conoció a otra persona, alguien más rico, mayor, y decidió que era mucho mejor proyecto de marido. Milagrosamente, el bebé desapareció de la noche a la mañana.

–¡Dios mío! –Eva jadeó suavemente.

–Ya te dije que no era una historia bonita –Michael suspiró al pensar en lo ingenuo que era tantos años atrás–. Es el truco más viejo del mundo, según me dijeron.

–Estuvo mintiendo todo el tiempo...

–Sí –reconoció Michael muy serio–. Intentó el mismo truco con el hombre que acababa de conocer, y se puso furiosa cuando le advertí a ese hombre sobre lo que pretendía hacer. Nada de todo eso importa ya –aseguró–. Pero confío en que pueda explicar un poco mi comportamiento de la semana pasada. Sentí desconfianza cuando llegaste con los gemelos, primero diciendo que eran míos y luego que eran de Rafe, y te acusé de cosas de las que ahora me arrepiento...

–Entiendo tus razones –Eva comprendía que fuera tan receloso después de que la tal Emma intentara empujarlo al matrimonio con un engaño–. Pero dijiste que tenías algo más que decirme y algo que preguntarme... –le recordó.

–Sí.

–¿Y? –le espetó tensa al ver que guardaba silencio.

–¡Y me he enamorado de ti! –las palabras le salieron en cascada, como si no estuviera acostumbrado a usarlas–. Te amo, Eva –la segunda vez le pareció más fácil. Le brillaban los ojos por la emoción–. Los últimos cuatro días sin ti han sido... han sido el Infierno en la Tierra.

Sacudió la cabeza con expresión desalentada.

–No puedo pensar, no puedo dormir porque estoy pensando en ti, porque quiero estar contigo. Y en cuanto al apartamento... no puedo soportar pasar otro día ni otra noche más allí, cada vez que miro en alguna habitación me acuerdo de ti y de los gemelos. Conmigo.

La esperanza que Eva había estado conteniendo floreció ahora en libertad. Se levantó rápidamente para ir al lado de Michael. Le dolió ver aquella expresión de desolación en su querido rostro.

–Yo también te amo, Michael –alzó una mano hacia su mejilla–. Te amo con toda mi alma y me duele mucho no estar contigo.

–Eva... –sus ojos brillaron en los suyos como el ónix negro cuando la tomó entre sus brazos y la besó.

Eva no supo cuánto tiempo pasó hasta que pudo volver a hablar. Estaba demasiado perdida en la felicidad de amar a Michael y de saber que él también la amaba como para fijarse en el paso del tiempo.

–¿Quieres casarte conmigo, Eva?

Ella lo miró con incertidumbre en el sofá en el que estaban tumbados.

–Los gemelos...

–Serán nuestros –afirmó Michael.

Ella frunció el ceño con dolor.

–¿Estás seguro? Es una gran responsabilidad hacerse cargo de los hijos de otra persona...

–Eso lo sabes tú mejor que nadie, pero serán nuestros hijos, Eva. Si accedes a casarte conmigo. No quiero una relación corta contigo. Quiero saber que eres mía. Para siempre.

–Soy tuya para siempre –a Eva no le cabía la menor duda de que el amor que sentían el uno por el otro duraría eternamente.

–Entonces cásate conmigo –la urgió con voz ronca–. Eva, el único detalle que falta para los papeles de adopción es el nombre de los padres adoptivos. Para mí sería un gran privilegio que permitieras que mi nombre apareciera junto al tuyo...

–¡Oh, Michael! –Eva contuvo las lágrimas–. Sí –exclamó–. Sí, sí, sí –le cubrió el rostro con besos de felicidad.

–¿Sí a casarte conmigo o sí a que adopte a los gemelos contigo?

–¡Las dos cosas! –sonrió ella.

–Confiaba en que dijeras eso –Michael la estrechó con fuerza entre sus brazos–. Prometo amarte durante el resto de mi vida, Eva Foster.

–Y yo prometo amarte a ti el resto de la mía, Michael D'Angelo... –se interrumpió porque uno de los gemelos empezó a llorar–. Ups –Eva se incorporó–. Esta podría ser la historia de nuestra vida. El bebé *interruptus*.

–¡Estoy deseando que así sea! –aseguró Michael poniéndose de pie con ella para ir a ver a Sam y a Sophie.

Eva también.

Eva también...

Epílogo

Cuatro semanas más tarde, Iglesia
de St. Mary, Londres

—Este es un caso claro de la caída de los poderosos, ¿verdad? —le comentó Rafe a Gabriel de broma. Los dos hombres estaban sentados juntos en el banco delantero de la iglesia.

—¿Quién iba a decir que Michael no solo se enamoraría sino que se convertiría en padre de gemelos en el espacio de unas pocas semanas? —reflexionó Gabriel—. ¡Y ahora también se va a casar!

—Después de burlarse tanto de nosotros —asintió Rafe.

—No os hago ni caso a ninguno —aseguró Michael, que estaba sentado más cerca del pasillo esperando la aparición de Eva en la iglesia al lado de sus padrinos, sus hermanos—. Mientras Eva sea mi mujer y los gemelos nuestros hijos, permaneceré completamente inmune a vuestras bromas en el futuro.

Los tres hermanos estaban ahora asentados en sus respectivas galerías, Gabriel en Londres, Rafe en Nueva York y Michael en París.

—No estamos de broma, Michael. Solo estamos encantados por ti —aseguró Gabriel con sinceridad.

—Es verdad —afirmó Rafe—. Eva es preciosa. Y sois una pareja perfecta.

–Gracias –murmuró Michael.

–Y no lo decimos solo porque además de una esposa hayas conseguido la segunda exposición de E.J. Foster –añadió Rafe sin poder evitar bromear.

–Disfruta mientras puedas, Rafe, porque quien ríe el último ríe mejor –afirmó Michael.

–¿Y eso? –preguntó Gabriel con cautela.

Michael sonrió de oreja a oreja.

–Fue idea mía que Bryn y Nina fueran las damas de honor de Eva, y a ella se le ocurrió la genialidad de que Bryn llevara en brazos a Sophie como tercera dama de honor y Nina a Sam como portador de los anillos. Las dos se enamoraron al instante de los gemelos, y no me cabe duda que esta noche os hablarán de las maravillas de tener hijos.

–A mí me parece muy bien –murmuró Rafe.

–Y a mí también –Gabriel asintió satisfecho.

–Dios, somos unos sensibleros –masculló Michael entre dientes. Pensó en la casa que estaba a punto de comprar en París, con un jardín para que jugaran los gemelos.

–Y tan contentos... –Rafe no pudo terminar la frase porque el organista empezó a tocar la marcha nupcial.

Los tres hermanos se pusieron al instante de pie.

Michael se giró orgulloso para ver a su novia, a su adorada Eva, avanzar por el pasillo hacia él vestida de encaje y seda blanca. Su amor brilló con fuerza cuando se miraron a los ojos.

El amor de una vida entera.

Y una vida entera para el amor...

Deseo

ESCUCHANDO AL CORAZÓN

JULES BENNETT

Royal, Texas, era el lugar ideal para que Ryan Grant, una estrella de los rodeos, cambiase de vida y le demostrase a Piper Kindred que era la mujer de sus sueños. Cuando esta corrió a cuidarlo después de que él sufriese un accidente de coche, Ryan se dio cuenta de que seducir a su mejor amiga iba a ser mucho más fácil de lo que había pensado.

Sin embargo, Piper sabía que era probable que Ryan quisiera volver a los rodeos, y que corría el riesgo de que le rompiese el corazón. No podía permitirse enamorarse de un vaquero…

Ya no era dueña de sus sentimientos

¡YA EN TU PUNTO DE VENTA!

Damaso Pires no debería haber mantenido una relación con Marisa, la escandalosa princesa de Bengaria, pero pronto descubrió que, además de su extraordinaria belleza, su bondad tocaba algo en él que había creído destruido por su infancia en las calles de Brasil.

Pero su breve aventura iba a convertirse en algo serio cuando Marisa le reveló que estaba embarazada.

Damaso sabía lo que suponía ser hijo ilegítimo y, después de haber luchado con uñas y dientes para llegar a la cima del mundo financiero, no pensaba renunciar a ese hijo. Solo había una manera de reclamar a su heredero y era el matrimonio.

Me enamoré de una princesa

Annie West